雨狗空间

卧斧 著

四川人民出版社 后浪出版公司

目录

Chapter 4 / 171

新序 一起想想这个世界，也想想自己。

　　该替《雨狗空间》和《马戏团离镇》写点什么，但其实没法子写出什么。

　　《雨狗空间》原于 2004 年出版，但书里最早完成的那篇，是 2001 年写的。那时觉得看到什么都有发展成故事的可能，日常所见当中处处都是可以放进故事的题材。写故事并不为了出版，纯粹就是想写；也没什么以作为家、以文成名的意图，纯粹就是爱写。书写是个生活的必要，就像有人爱运动有人爱唱歌，有人爱喝酒有人爱发呆，没了这事，生活就仅余生存，没什么趣味。

　　想写的东西多，能写的时间少，得找个变通方法。

　　有些创作者的方法是笔记，把一些灵光一闪记下，再设法发展成完整的小说，或者在创作过程里找个合适的位置使用。初始也学着这么做，但记着记着开始有点儿不满足，心忖既然都写了，何不干脆把这些点子写成短短的故事？如此一来，可以记录想法，并且练习意象转换、情节铺排、主题掌握以及字词与句构的使用，更要紧的是，这样可以时时写不同故事练笔——身为一个非天才型的创作者，持续练笔是一定要做的日常功课。

于是就这么写了。

起初不定期，后来自我规定每周至少要写一篇，没打算出版，只是放在自己当时架设的网站。有几篇故事后来被扩张写成短篇，收录在后续出版的作品集中或者发表在文学杂志上头，有些故事就一直停留在极短篇形式，成为某个时空片段思考的标注。有时会有不知从网路资讯海洋何方寻来的网友留言，聊上几句，也有几篇曾被某些杂志在完全没有告知的情况下收录——没给版税，这还无妨，但把网路上公开的文字在未经作者同意下拿去出版谋利，就很不可取。

更何况这些极短篇被盗用时，多被冠以"网路惊悚恐怖小说"之类名目。

这些极短篇里的确常有惊悚题材，但那其实只是表层样貌，像是电影里的特效场面，自是精心制作，但不是故事的核心，依此替故事定位，不免偏颇。身为创作者，有了读者，自然希望读者读到故事的内里；换个方向来说，阅读作品是种再创作的过程，读者要读出什么来，作者其实管不着，只是先被定了个类型，读者的思考就容易被牵着走，要是没能多想想，那也就可惜了。

像《马戏团离镇》这样的故事尤其如此。

《马戏团离镇》原于 2006 年出版，是个加了很多插图的中篇故事，出版时间虽然较《雨狗空间》晚些，但这个中篇原型是个更精简的短篇，创作的时间得推到上个世纪末的 1999 年。当时卡在毕业与就业之间的空档，理论上知道自己该寻哪种工作 —— 毕竟念了十几年书好像就是为了最后把所学用来挣钱过活 —— 但实际上念到后来，倒不确定自己是不是打算一辈子都做那样的工作。

回想起来，这是一种对教育的偏误。

与学校的集体教育相较，真正启发形塑个人特质的，其实是自己经年累月荤素不忌的各式阅读，是故面对不得不接受的集体教育体制，就将其视为职业训练先修班；这不仅是身为学生对教育的误解，连不少教程设计也抱持相同宗旨。以功利为目标的升学主义扭曲教育的本质，连集体教育最少应当提供的非亲族人际关系体验功能，都被窄化成以分数为业绩的恶质竞争职场预告。

　　《马戏团离镇》的原型短篇就是在这些思考冲撞时写的。

　　以情节来看，这个故事有点奇幻童话的调调，当初出版时，也的确有不少读者回响来自青少年；但这故事并不想描述某种脱逸现世就能获得的自由愉悦，相反地，《马戏团离镇》昭示无论在多么非现实的环境当中，僵化的思想模式与不足的自我认知都仍会存在，认识自己是个无论如何都该努力进行的基本功夫。

　　要做到这事，阅读不是唯一的方式，但可能是最简省也最有效的方式之一。

　　无论是《雨狗空间》或者《马戏团离镇》，出版后的样貌与最初创作时已经有些不同。《雨狗空间》的篇章编排经过重新思考，每篇的内容也重新修润，《马戏团离镇》加入新情节让主题更为聚焦，还承友人伊卡鲁斯大力协助，依不同场景绘制了不同风格的插图。总会好奇读者在书里读出什么，偶尔也在不同场合遇见读者提及他们阅读时的想法。透过阅读，故事说的常比创作者想的更多。

　　出乎意料的是，十多年后，这两本书有了新的出版机会。

　　过了十多年，出版了十多本书，对小说的形式与创作的技巧都有更多的想法和体悟，但创作的初衷并没有改变，仍然希望以有趣的情节，包裹应当思考及讨论的各种主题。十多年的岁月可以让一个初生的婴儿长成即将进入社会的青年，当年那些装进故事里的主题，在一批新读者的眼里会如何开展？这事令人好奇，令人期待，能有新读者阅读这些故事，也令人感到荣幸与开心。

　　有机会推出新版，委实该替它们写点什么。但其实没法子写出什么。

　　因为想讲要讲的就在这些故事里。真要加添什么，也没法子无视这些年月在大脑里留下的印记与做出的改变。是故除了这篇新写的文字，这两本书的内容都与十多年前的版本相同，凝缩了当年对世界、体制、善恶与种种人性的观察，等着让读者从无论惊悚或奇幻的情节当中将其挖掘释放。当然，读者释出的也可能与当初埋入的主题不同，但这也无妨，故事是个触媒，能够引发思索，都是好事。

　　感谢您阅读这些故事。希望它们可以与您一起想想这个世界，也想想自己。

原序 进入雨狗空间

要谈雨狗空间之前，得先聊聊雨狗。

要聊聊雨狗，就得提起汤姆等一等。

八〇年代中期，汤姆等一等（Tom Waits）先生推出了一张融合他前后期创作特色的成熟专辑 *Rain Dogs*；约莫九〇年代初期，有位爱狗也爱汤姆等一等的不知名人士，在某个小城大学侧门巷里，开了一家小咖啡馆，也叫"Rain Dogs"。到了九〇年代中期某夜，一个没事干的家伙晃进这家店里靠着吧台边喝咖啡（该店的咖啡站在吧台边喝比较便宜，坐着喝要价较高），开口问："为啥您这店会叫'Rain Dogs'？"

这个当时没事干的家伙是我。因为走进"Rain Dogs"这家店，我于是认识了汤姆等一等，以及雨狗。

所谓"Rain Dogs（雨狗）"，望文生义，指的就是下雨天时无家可归，在外游荡一身邋遢的狗，引申意思就是下雨天时无家可归，在外游荡一身邋遢的流浪汉，亦即咱们所谓的"街友"。原来应该有点儿消沉可怜的意思，不过等一等先生却用种自在的面向唱出他们的任性欢快 —— 老实说，当我听见这种与实际印象不怎么相符的歌词时，直觉认定老汤姆实在是太过美化游民生活了。

直到某年有事赴美，在柏克莱街头，遇见了许多街友。

街友们年纪不等、相貌不等，连看人的神气都不等；有些街友冲着行人要零钱，可乐杯里一有收入就会用上帝的名号来个祝福，有些街友泰然自若地坐在人行道的一旁，安适地看着城市中的光影变化。

"别给他们钱，"同行的美国朋友用一种就事论事的口气同我道，"我们缴了税，政府就该善尽职责帮这些人的忙；再说，街友们可不一定需要我们伸手协助。"

"怎么说？"我问。朋友耸耸肩："有些人原来有家室有子女，循规蹈矩一辈子之后，突然想要从另一个角度看看世界，于是就在街边坐了下来——这么一坐，几个年月就过去了。你当他们没钱生活？他们只是想用另一种姿态面对人生而已啊。"

哦？我眨眨眼。

当然，街友们并不全是一群自在选择该种生活方式的人生艺术家，但只要留心观察就能发现，雨狗这种依循自我标准过活的角色特性，其实随处可见。而当有天我坐在闹区街边等着电影开场，一面看着往来行人形色各异的腿，一面在脑子里胡乱替他们编织故事时，我才在某个思绪与思绪交界的刹那，发现倘若从某个轴向观察检视，我，也是只雨狗。

《雨狗空间》搜集了用雨狗眼光记录的故事，以一种特别的角度，写下日常生活里的奇幻现实。这些故事也许恐怖荒唐，也许不可思议，但它们的确都隐在寻常的场景里，只要注视得足够专心，它们就会显现。

Chapter 1

酸雨

一阵痉挛，脚下的地面渐渐泛潮，他知道又要下雨了。

他摸索着爬到高处，撑起破伞，小心不让伞尖戳进上壁。

刚瑟缩着坐好，下方传来一阵巨大的哗哗水声，带着一股新鲜浓烈的鱼腥味。

水声稍歇，但鱼腥味仍弥漫四周。不一会儿，雨水开始落下。

雨滴打在破伞上，毫无例外地发出嘶嘶的声响。

要不是这里漆黑一片，他想：一定会看见被酸水腐蚀的伞面冒出袅袅白烟。

不过，他又想：幸好看不见，否则发现伞况日渐破败，自己一定会忍不住担心。

在这个充满鱼腥腐味的黑暗空间里，最好的一点，就是什么都看不见。

什么都看不见，所以什么都不用担心。

这里温暖、潮湿，不用为吃的问题发愁。

要是破伞坏了，也许酸液会直接淋上皮肤。不过目前不需要烦恼这个。

他伸手从下方渐降的水里捞起一尾活鱼，直接吃了起来。

啃完鱼肉，他把残骨丢回水中，然后趴了下来。

在一只莫名巨鱼的肚腹之中，他安详地睡去，像个不知忧虑的婴孩。

爹

爹开车载我回家，在黑夜的路上。

他手把着方向盘，嘴里问着我的近况，我漫不经心地应着。绕进巷里，爹把车停好，不忘一面指点示范在窄巷停车的要诀，一面抱怨自己的手脚因为年纪问题已然不听使唤。

"其实，"爹突然说，"我只是无法承受你们都离开了，没有人留下来帮我。"然后他伏在方向盘上哭了起来。

我静静地看着爹的后脑，俯身自行囊里拿出斧头，对准他的后颈砍下。

爹的头滚下，掉在自己的大腿上，瞪大眼睛讶异地看着我。

我用脚把没头的爹的身体推出车外，从行囊里拿出一具崭新的躯体，把爹的脑袋安在新脖子上头。

爹在驾驶座有限的空间里试着活动了几下新身体，似乎没有适应不良的问题。我刚想开口问他感受，爹又皱起眉头："你不明白。我要的不是这个，我需要的是你们。"

我在心里叹了口气。这套旧程式真不知足，早知道就不该花钱买新躯体，换套升级软体就成了。

教室

老教授呼了口气；孩子运笔的手停了下来。

我所知道的事，已经全部教给你了，老教授的声音有点颤抖，我们休息吧。

孩子点点头，放下笔，走到教室门口，朝外望了望。

外头有什么吗？老教授斜倚着讲桌问道。

没有，孩子摇摇头，外头什么都没有。一片虚无。

是吗？老教授长长地舒出一口气，我们还是漂在虚无之中啊。

教室到底还要在虚无当中漂流多久呢？孩子回头发问。

老教授耸耸肩：我也不知道；诚如我刚说的，我知道的事，已经全都教给你了。

那么，孩子抓抓头，不如，换我来教你吧？

啊？老教授眨眨眼，想了想，也好。

老教授坐到桌前拿起纸笔；孩子爬上讲台。

现在起，我要把我知道的事全部教给你。孩子开口，似乎瞬时老成了起来。

　　老教授点点头，发现自己老锈僵直的颈子，居然灵活了起来，宛如少年。

　　一人开始讲，另一人开始听。

　　教室依然兀自漂流。

盆栽

孩子坚称自己的房间里伏着只怪物。为了当对模范父母，他和她伴着孩子一起走进小房间中。

他揿下顶灯开关，斗室大亮。

你瞧，什么都没有呀，她弯下腰对孩子说，哪里有什么怪物呢？

孩子指着窗台，在户外的月光与室内的人造假光之间，是一盆植物。

那只是盆栽而已呀；她按捺性子对孩子解释着。

他走到窗台前头，从各个角度端详了一下盆栽，看不出来有什么地方让孩子惧怕。衬着月光，他发现盆栽的陶制底盆前洒了层淡淡的影子。

看起来孩子可能是被影子吓到了吧？他指着盆栽的影子对她说。她皱起眉走向窗台，他则折回孩子身边，摸着孩子的头道：那只是影子罢了；盆栽是无害的，影子也是无害的，没什么好怕的。

她在窗台前摇摇头，显然不认同他的这种解释，但也不打算多说什么，只是顺手把盆栽往房里移进了一点儿，然后关上窗放下窗帘。你要试着勇敢点儿，知道吗？她走回孩子身旁的时候，正好听到他这么对孩子说。

他们一起把孩子在床上安顿好，带着点不耐烦的神气。孩子已经不再多表示什么，但仍睁着惊恐的眼——但他们对此视而不见。她心不在焉地拍拍孩子的脸颊，走出门外，他则顺手熄灯关门。

室内一暗，月光投射的影子陡地鲜活了起来。都是你，非得摆什么盆栽不可，他埋怨的声音透过门板传来。这孩子可不是我想生的。她回嘴的音量比他的还要大上几个分贝。

他们的怒气正在加温，音量正在增幅，自然没听见隔着门板的房间里，传来一声轻轻的声响，也听不到在那个声响之后，某个物体在孩子房内的塑胶地板上缓缓拖动的声音。

房里的孩子像已经明白了什么似的镇静下来，只是好奇地睁圆眼睛，看着刚从窗台上轻巧滚落到房间地板的盆栽，伸长了枝叶，静静地将自己向门板拉去。

下巴

她喃喃地唠叨，摇晃着下巴。

结缡多年，他和她一直同甘共苦，相互包容。她没什么不好，唯一的毛病，就是爱叨念；倒也不是对什么有特别的意见，就只是不碎碎说上几句，仿佛她就没法子确定自己的存在似的。

对于这事儿，他一向采取马耳东风的态度，听而不闻，只是嘴里唔唔地虚应故事。要是问他：她刚在抱怨什么？他一定回答不出来。不过夫妻嘛，总有自个儿一套白头偕老的法子——他对她叨念的容忍，就像她对他俭省到近乎吝啬的包容一样。

这些年过去了，平平顺顺。但最近他发现，因为长年的唠叨，让她的下颌关节开始松动，以至于一开始唠叨，下巴就不受控制地摇晃起来。这也罢了，这阵子他还发现，她的叨念里夹杂了一些金属的摩擦声响，十分刺耳。

嘎吱嘎吱，她在他身后念了几句：嘎吱嘎吱。

他想了想，暗暗做了个决定。

过了几天，他替她买回了一个新型的、连着下颌关节的下巴：外形细致、坚固但轻巧，还有自动左右微调的新设计。

他替她装上了新下巴；安上颌关节之后，新下巴发出细细的嘶嘶声，将左右高低的些微误差调整到最佳的平衡状况。

她试了试，嘴角泛起一个笑。

好极了，他心想，如此一来，她唠叨的时候，就不会再有金属杂音了。

但过了一阵子，他才发现，换了新下巴之后，她再也不唠叨了。

新下巴不好用吗？有天他问她。她摇摇头：新下巴很好呀。那，他又问：你怎么不再碎碎叨念了呢？

她眨眨眼：旧的下巴左右不大平衡，我没法子把嘴完全合上；我知道你不会舍得花钱换，所以只好拼命唠叨。她微微一笑：现在好不容易把它搞坏，换上了一个新下巴，我还需要说啥？

计程车

　　她将两大箱行李甩进后座，把自己也塞了进去，然后对着司机喊道：走吧。

　　司机发动引擎，问道：小姐要到哪儿去？

　　到哪里去都好。司机低沉的声音让她心头一惊，但嘴上仍继续说着，只要能离开他就好。

　　小姐真的这么想要离开他吗？司机阴阴地问，车子似乎没有预警地开始滑动起来。

　　没错，一想起他，她的气愤又重新沸腾了起来，我才不想要让那种混蛋东西在我的视野里头出现；同他在一起的这几年，我就像活在地狱里一样。

　　那么，我们公司可以帮忙哦。司机低低地说，带着微微的窃笑感觉。

　　帮忙？她狐疑地问，怎么帮忙？

　　我们的计程车，司机解释着，可以在空间中移动，也可以在时间里行走。

　　她愣了一下，随即笑了起来：差点被你唬住了。我们哪个人不是在时空中行走啊？只是在时间里，我们都只能前进，没法子后退罢了。

　　我可不是在寻小姐开心，司机一脸正经地回答，别的计程车没法子在时间中倒车，但我可以。小姐只要告诉我想回到什么时候，我就一定将您安全送达。

　　真的吗？她半信半疑地道：那我要回到两年前。

　　改变时空的车资很高哦，司机事先声明。

　　她用力地点着头：没问题，只要你真的办得到。

　　好的。司机按下里程表，她突然觉得有点晕眩。

　　再次清醒的时候，她发现自己躺在老家的卧室里头，墙上的日历正好是两年前她和他相遇的日子。

　　太好了！她在心里头低低地欢呼了一声，刹那间有了解放的感觉。

　　接下来的日子，她结识了另一个脚踏实地的男友；经过近两年的交往，两人终于选定良辰吉日打算步入礼堂。

　　在结婚的前一晚，她紧张得睡不着觉。在打算过街到便利商店买点东西喝的时候，被一辆计程车高速撞死。

　　根据目击者表示，在她失去知觉之前，曾经带着恍然
大悟的表情说：

　　原来，这就是车资啊。

鱼

她趁着上班时间回到他的住处，想要搬走属于自己的东西。

偷偷地推开门，她发现他居然在客厅里喂鱼。

听到开门声，他没回头，仿佛已经知道是她。

一向讨厌养宠物的他，几时决定要养鱼？她好奇地绕到鱼缸前方端详。

偌大的水族箱里只有一条鱼自得其乐地悠游。

凑近一瞧，她看见那条鱼有一张她的脸。

她眨眨眼，直起身子；他正将手上生肉般的鱼饲料撕成小块，丢进鱼缸。

看看他汁血淋漓的胸口，她忽然明白，那团生肉鱼食是他的心脏。

同你很像吧？他的声音绞混着无奈与释怀。

心脏碎片在水中徐徐下沉，鱼别过脸去，不屑一顾地游走了。

闹钟

现实生活无聊乏味，梦境也同样灰暗单调。无论醒着或睡着，他都觉得一样无趣。

没道理呀，有天他在梦里，想着，梦境不管是想象力的发挥还是潜意识的浮现，都不该如此黑白。也许，只要一点刺激，我就可以进入瑰丽的梦境。

他想起每天把自己从无趣梦境里唤回无趣现实中的闹钟，灵机一动，决定自己在梦里活动时要随身带着闹钟，只要梦里的闹钟一响，自己就要开始做一个有趣的、色彩缤纷的梦。

拿出闹钟，把时间调在一分钟后。他闭上眼睛，耐心等待。

铃响。

他睁开眼睛，发现世界果然变得完全不同。

空气里充满奇异的香气，玫瑰色的云层上，有蔚蓝的天幕。他深深地吸了一口气，发现自己的双脚轻轻离地，飘浮了起来。他耸肩挥臂做出泅泳的姿态，在空气里优美地游动了起来；神奇舒缓的感觉，让他闭上了眼睛。

铃响。

他睁开眼睛，看见自己办公桌上的一叠待办公文。烦。他皱眉摇头，再度闭眼。

铃响。

一颗子弹自耳际咻地掠过，他睁开眼睛，发现自己正路过一个枪战进行中的酒吧。他蹬蹬自己脚下马靴的硬跟，潇洒地走进酒吧。枪声突然停止，他在两帮人马当中大摇大摆地走向吧台，弹出一个硬币要来啤酒，闭眼仰首长饮一口。

铃响。

老板的斥骂撞进耳膜，他一睁眼，刚好瞧见一团唾液溅出老板的嘴唇，飞向自己努力烫得笔挺的衬衫上，啪哒一声，他嫌恶地闭上眼。

铃响。

他发现耳边的猎猎的风声，睁开双眼，发现自己站在办公大楼的顶楼边缘。望着七十多层楼下方的遥远路面，他突然有种想要飞翔的冲动。一个深呼吸，他向外跃去。

　　瞬间，他突然惊恐地想起，自己不确定这回的闹铃是将自己唤进梦境中，还是带回现实里？

传染病

传染病刚开始流行的时候，大家都深怕自己被传染、遭隔离，麻烦多多。

但过了一阵子，所有的防疫工作都没能滴水不漏，所有的医学单位都交不出权威报告，疫情不断地扩大，相关单位突然意识到，不该再把染病的人隔离治疗，而该把尚未染病的健康人士隔离保护。

在隔离健康人员之后，相关医疗单位对这些人进行了秘密但仔细的观察监控，并且抽取他们身上的血液、唾液、尿液及脊髓液进行测试。很可惜的是，从这些迟迟未染病的人身上取出的样本中，并未检测出任何一种未知的抗体。

被隔离人员本来还有点得意，觉得自己一直没有染上传染病，八成高人一等。但被隔离了几天之后，他们开始觉得焦躁、不被社会大众认同，在接受访问时，他们坦言担心自己不够合群。在这种情况下，他们开始纷纷想尽办法接触带原者或者干脆装病；可惜的是接触带原者的还是没有发病，而装病的根本骗不过检测仪器。

　　因为染病的人实在太多了，但日常生活不能不过，于是各行各业还是渐次活络了起来；见面咳个几声、体温时升时降，大家也都不以为意。

　　流行影歌红星，各界政商名流，所有的人都开始在各个媒体上亮相；被隔离的健康人员更是觉得自己跟不上流行。加上他们开始发现，医护人员借着各种机会抽取他们的体液进行测验，他们觉得自己成了实验室里的白老鼠，于是开始透过手机、网路等等方式向外界表达抗议与不满，可惜这些声音被医院当局及政府相关单位压了下来，连带地将他们的通讯设备全部没收。

　　接着，一个新兴的宗教团体宣告，这个传染病是人类一个提升自身性灵的进阶过程；这个宣告得到社会上普遍的认同，该宗教团体一时间俨然有成为全球第一大教派的趋势。不过现存的各个宗教并不示弱，纷纷从自己的经典里找到人类将因这次疾病浩劫再次重生的教条证据，加上国际医学组织在不久后也发表声明，表示虽然他们不认为传染病与提升性灵有任何关系，但这次的疫情流行其实应该是人类自我基因改造的结果，也就是说，人类正在经历一种快速的进化过程。进化之后的人类同现在有啥不同？医学组织没有明说，但他们倒是指出，没有被传染就代表当事人还没开始经历进化，这些人将来可能被视为与时代脱节的原始物种。

于是被隔离的健康人士再度回到社会人群之中。他们有的在千方百计试图患病不果后，选择结束自己的生命；有的丢了原来的工作，成为次等种族游民。

在这个时候，一个默默无闻的实验室里，有个研究员意外地发现了对抗传染病的疫苗。他欣喜若狂地打了电话给自己的指导教授，打算向全世界发表这个成果。教授指示他，带齐样本和报告书，到家里见他。

研究员兴奋地抱着一叠资料冲出实验室，刚跨出校门，一颗子弹准确地贯穿了他的脑袋。

街上所有的行人还来不及惊呼，一辆警车已经极有效率地开了过来。

日记

　　小时候看过的漫画书里头，有只能从口袋里拿出无数奇妙道具的没耳机器猫；在出场过几乎无法胜数的道具当中，他记得最清楚的，是一本日记。

　　翻开这本日记，填上日期，写日记的人就会自动下笔，将当天从早到晚发生过的事儿完完整整地记录下来。如果填入的日期属于未来，则日记里记下的，当然也就成了预言。

　　他对这种预言方式非常着迷，当年甚至还因此去买了一本日记。要写下自己所有的未来太烦琐了，当时年纪还小的他心想：我只要先写未来二十年里头，每年生日会发生的事儿就好了。

　　手中的笔自然不像漫画里头那样自己动起来，但他还是近乎虔诚地写下了自己未来的二十个生日所发生的事情。

　　后来怎么了？还不到他所记下的第一个生日，他就已经知道这套完全是小孩儿异想天开的把戏；自以为是记下来的日记不可能成真，未来不会照着自己的想象行进发展。

记载着未来的日记就这么被埋没在许多童年的过往下方，静静地等候其中的未来一年一年地成为回忆。

十多年后，他在搬家的时候找到了陈旧泛黄的日记，过往的记忆一下子全都冲进脑中。他记不起自己多久没看漫画，也不知道现在出版的机器猫同回忆里的那只拥有完全不同的名字；他只记得那本能预言的未来日记，以及当初的感动。

他翻开已经干裂的书页，看见曾经属于自己的稚嫩、拙劣字迹，心里涌起无限感动。透过褪色的墨渍，他开始一年一年地审视自己的预言——他已经做好心理准备，打算让自己在发现这些成为过去的预言内容完全不合现实的时候，发出一两声轻笑。

笑了几声之后，他却发现，自己开始怀疑了起来。离现在已然很遥远的生日细节如何他已经不记得了，但是时间愈是逼近现在，那些预言日记上的活动就愈像真的已然发生。他想起自己几天前刚过生日，赶忙翻过几页，发现当年自己记下的最后一篇预言日记，写的就是今年生日的日期。

读了几行，他不禁瞪大眼睛。年幼时的自己到底是从哪儿得来的灵感，能够在字里行间描述出那个自己几天前才见过的大蛋糕？又是怎么能够知道，自己那天瞒着女友，同另一个对自己怀有好感的女孩儿一起度过？

难道我真的是个预言者？这个似乎晚了二十年才被他发现的体悟，让他兴奋得全身发抖。他摊开下一页日记抓过一支笔，打算继续往下写，瞧瞧自己的未来如何。

闭起眼，他努力想要回忆当年自己到底是怎么下笔写出预言的。是会听到音乐？还是看到画面？或者是什么神奇的声音会在脑中响起？

慢慢地，某种什么在他的脑中成形。来了，他按捺住兴奋，用心分析，发现那是一段混杂了诵经声音、线香气味，以及哀伤情绪的感觉。这是什么预感？他让情绪慢慢聚合成清晰的场景：一群穿着像黑帮电影一样身着暗色衣服的人，层叠地挡住了某种东西。

他皱起眉，让心智穿越人群，发现被深色衣服的人群遮挡住的，是局促在薄棺里的死白的自己。

子弹

　　他的尸体在天桥的桥墩底部被发现，身旁是载着他从天桥上飞出栏杆俯冲撞下，已经不成形状的摩托车。

　　认识他的人都知道，为了满足她对情人的高标准要求，对生活品质的雅痞式愿景，以及对她无止境的包容与忍让，他不但在下班后还接了两份兼职，甚至还得抽空去接送她上下班。

　　车祸发生在他从第一个打工处离开，出发去接她下班的途中。医护人员把他的尸体抬上救护车，发现他虽然瘦削，但身体异常沉重。

　　尸体被送进医院，急救人员跟在一边。他身上的手机突然响起，一个急救人员按下接听键，还没将手机凑近耳边，马上听见她高分贝的抱怨透过电话爆开："你到哪里去了？怎么还没来接我？"

　　所有的急救人员都吃了一惊；接着，一颗子弹自手机中射出，缓慢但准确地打进他的胸口。

刹那间，他的尸体爆开。无数子弹从他的胸腔迸裂四散，仿佛一场炫目的烟火。

这么多的子弹，为什么会藏在他的身体里？医护人员疑惑的同时，也突然明白了他身体如此沉重的原因。

子弹纷纷落地。每颗子弹在接触地面的瞬间，就有一个声波爆开：有的是抱怨，有的是嘲讽，有的是辱骂，有的是讥弄。而无论内容为何，大家都认得出来，这些声音同方才手机里传来的声音一模一样。

谩骂的声音终于结束，急诊室满地都是铮亮的子弹。所有的人面面相觑，突然发现他已经开始僵硬的嘴角，弯出了一抹轻松的笑。

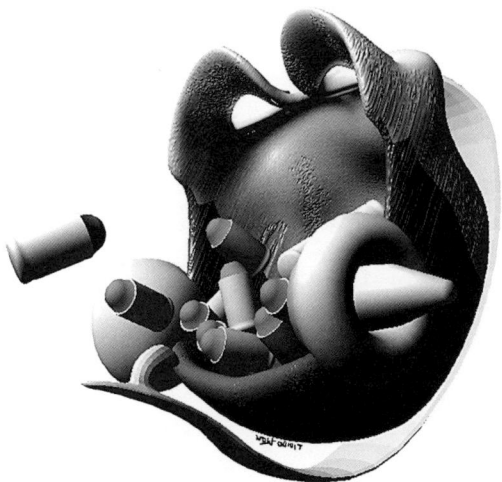

噩梦饮料

噩梦饮料刚上市的时候，他简直欣喜若狂。

他从小在养尊处优的环境中长大，没有任何烦恼。一帆风顺地从明星小学进入明星中学，考上国立的明星大学，再到外国喝回一肚子明星洋墨水，接手家族事业，虽说是初生之犊闯商场，却搞得有声有色、风生水起。

没有灾难、没有悲剧的顺遂生活，一晃就是几十年；偶尔他坐在城市第一高楼最顶层的办公室里，透过强化玻璃的落地窗往外看，会觉得生命似乎少了点磨难，少了点惊险。

有些同样出入上流社会的朋友，会花钱去从事一些刺激的活动，什么高空弹跳啦、滑翔翼飞行伞啦，更夸张的是有几个家伙一起带齐装备，组队到极地去探险。他不是花不起这类开销，只是这类活动有再多的事先准备，还是有可能让自己的身体真的受伤出状况——他可不想遇上这类情事。

他有天从美梦中醒来，突然感到某种空虚 —— 如果他能做场噩梦，那就应该能经历一种最安全、不损及现实、最自主的探险方式，就算梦境再怎么恐怖危险，只要醒过来，自己就能脱离那个世界，回到安全美好的现实里来。

可惜，他连噩梦都没做过。

恰巧，他在那天收到噩梦饮料通过药检及临床试验，准备上市的消息。

印在噩梦饮料易开罐旁的小小说明文字写着，只要在睡前卅分钟喝下一罐噩梦饮料，就保证在入睡后会做噩梦；说明还有附注：噩梦饮料对身体完全无害，但为免梦境过于恐怖，请酌量饮用。

他在入睡前仔细地看完了所有相关报导，确认这罐饮料不但没有任何后遗症，还能真的让饮用者做噩梦之后，开心地喝光一罐，然后满怀期待地睡去。

接着，他在一张雪白的床上醒来。

这是什么地方？他东张西望，一个穿着白色长袍医师模样的人走来，笑道："刚刚我们追踪到你的梦境，看来你做了场好梦啊。"

他疑惑地看着医生把接在自己身上的管线拔除，才发现自己的身体干瘦枯槁，皮肤粗糙。医生把他从床上拉起来，微笑地说："谢谢你自愿协助美梦饮料的测试实验，看来我们的产品很成功。请到那边领参加实验的酬劳。"

　　捏着一个薄薄的信封，他走出医院。一阵冷风吹来，他想起破旧家里等着他回去的瘫痪妻子及几个孩子，突然感到前所未有的清醒。

兽

重新遇到她时，他似乎忘了自己当年曾拒绝过她，展开了热烈的追求。

在他锲而不舍的攻势下，她决定接受他的邀约。

他们的感情进展神速，她也因而认识了他的朋友和同事。

她巧妙地利用了每一个他不在场的时刻，使出浑身解数诱惑这些人。

每当同他的同事、朋友上床时，她总感觉心里得到某种快慰。

似乎她需要用不忠，来做某种必要的供养。

这天完事之后，他疑惑地把贴在她腹部的头抬起来，问：你有没有听到什么声音？

什么声音？她看看床头柜上头的钟，想起与他同事的密约：糟糕，我要迟到了。

还要去见客户？他看着她起身着装的背影，心疼地说：

真辛苦。

为了我们好嘛。她回他一个笑，掩住心里头满足的兴奋。

我真的听到怪怪的扒搔声音，他支起上半身，你没听见？

没有，她理理裙摆，突然觉得似乎真的有某种刮搔的声音，就在附近。

她皱起眉仔细听了会儿，发觉那个声音仿佛是从她的胸腔里头传出来的。

一阵畅快猛地袭来。

她望向穿衣镜，镜中自己诱人的乳房被扯向两边。

胸腔当中，一匹兽探出汁血淋漓的头来。

死心

因为早熟的关系，孩子一直觉得自己与周遭的世界格格不入。

孩子太了解同年纪的其他孩子在想什么，但同侪却没法子了解他在想什么。

成年人觉得孩子太古怪，在孩子的眼中他们却太幼稚。

某日孩子决定停止对无法融入人群产生苦恼。孤独活着没啥不好，他想。

但就在同时，孩子发现自己的心已经满载。

思绪太多，他小小的心房已然无法承载。

要有颗足够成熟深沉的心，才装得下我超越现世的思考，孩子对自己说。

于是在智者下葬的那日，孩子在夜里悄悄出现在墓地。

掘开智者的坟，撬开智者的胸膛。

在拿出智者那颗睿智深沉的心时，孩子似乎瞥见智者的嘴角有抹揶揄的弧度。

孩子取出自己不堪负荷的心，将智者的心放入自己的胸腔。

他汹涌的思绪刹那间冲入智者那颗似乎无底的心里，旋即消失无踪。

似乎什么都失去了，但也似乎什么都懂了。

孩子抚着自己的胸口，突然感到某种肯定的无所适从充斥四肢百骸。

眼球

她开始觉得四处都有缓缓转动的眼球，跟随她的脚步四处游移。

公司厕所出来转角的墙顶有颗眼球嵌在角落，电梯的金属厚门上方偏右处有颗眼球正对着镜子，停车场赤裸的水泥梁柱上头的眼球后方连接的神经丛明显可见，她开着车绕了个弯驶出地下室时，有颗眼球还从后照镜里头朝她眨了眨眼。

没这回事儿，这只是幻觉，她深呼吸了几口气，如此告诉自己。红灯亮起，她在白线前头停下，右手伸往副座的位置，摸了摸那个肥厚的袋子，仿佛可以借此让自己安心。

袋子里塞满了她刚从公司保险箱里头偷出来的大批现金。她的指尖画过袋子表面，似乎感受到袋中的所有钞票一起传递给她某种坚决和安心。只是无聊的罪恶感作祟而已，她对自己说。

红灯亮了好久。她不耐地瞥向左右车道，发现在红绿灯的另一头有杆半长不短的金属杆竖在安全岛上，杆顶也有个眼球盯着她瞧。她看了看那颗眼球，突然恍然大悟。

那颗眼球出现的地方，本来是个测速照相机，而她在公司里头看见的那些眼球，原来全是大大小小的监视器。这个幻觉根本不是什么罪恶感反映，而是自己的潜意识在提醒自己：这个行动已经被一部分的监视器录下来了！

一定得回去想法子把监视录影带解决掉才行。她一拉排挡一踩油门，车子画出大弯；把稳方向盘，她刚想加速，忽然觉得右方一道光倏地大亮。

猛烈的撞击让他暂时清醒过来。他下车时甩了甩头，想要把一些酒精挥洒到空气里头。自己的车况还好，但对方的车被自己擦撞后整个儿滑向安全岛，撞倒了一棵路树，看起来不大妙。他做贼似的悄悄蹑足过去，发现驾驶座上的女子满脸是血，连副座上的手提袋都溅满血迹。

这下不得了。他刹时间酒意全消，慌慌张张地回到自己车上，定了定神，看看左右无人，赶紧转动方向盘，离开车祸现场。

回家之后，他走进浴室脱去上衣，把衬衫扔进洗衣篮，捧了几把冷水泼醒自己，然后抓过一条毛巾揩脸。

　　镜子里映照出他赤裸的上半身。一颗眼球正镶在他左胸乳头的位置上，用一种等待的神情准备与他对望。

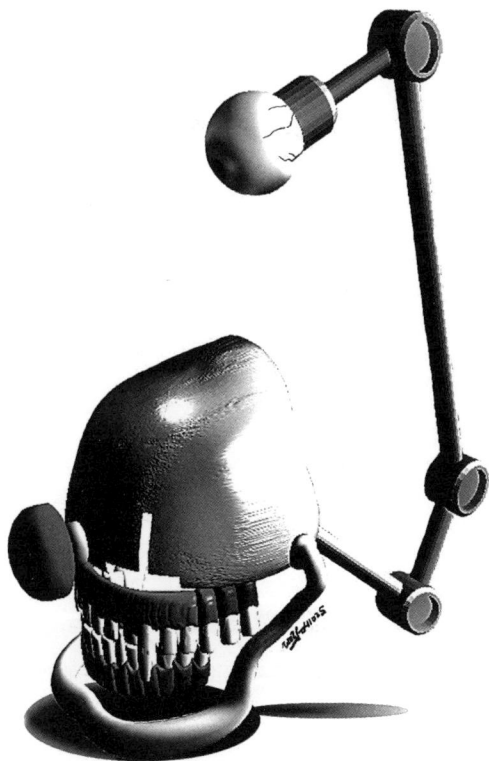

广告

　　他第一回担纲演出男主角的新片即将上映，心里头的忐忑自是不在话下。

　　虽然这部片不是什么好莱坞的大制作，但是挤上了国内院线的档期，发行公司及片商都还是尽责地做了广告，在真正上映的前几天，先在报纸上将消息曝光。

　　广告见报的当天早上，他就兴冲冲地到便利商店买了份报纸，连抓带翻，在影剧版的下方看到了新片的预告。

　　广告文案不知是谁写的，他抿抿嘴，心忖：怎么会把这么一部有创意的片子介绍得像八流罗曼史？接着，他眉头一皱，发现广告里头把自己的名字打错了。

　　没关系，他在心里头安慰自己，无论如何，这第一步总是踏出去了；等自己成名之后，绝对不会再发生这种乌龙情事了。

　　他正翻着报纸，突然想起，今天晚上有个首映活动，经纪公司说好要早上打电话给他讨论一些出席造势的细节，怎的电话到现在还没响过？他找出经纪人的手机号码，按下拨号钮。

喂，是我，线一接通，他就开门见山切入主题，你不是说要找我谈今晚活动的事，怎么没打电话来？

你是哪位啊？经纪人的声音听来充满怀疑，今晚的什么活动？

搞什么飞机？他报上名字，再问：上回你不是说，今天会找我谈晚上首映活动的事？

这位先生，从电话里可以听出经纪人有点不耐烦，我想我不认识你。

不认识我？他觉得一股怒气自丹田冲上喉咙口：今晚首映的电影是我演的，你是我经纪人，怎么可能不认识我？

那部电影的主角不是你！经纪人吼了回来，先生你别做白日梦了，就算你想假冒明星，最少也搞清楚自己要假冒的是谁！不知道电影主角是谁？去翻翻报纸吧！

他拿着发出嘟嘟声的电话发了会儿愣，觉得整件事似乎有点儿不对头。经纪人居然要他去看报纸？报纸上的名字是错的呀！戏是他演的，他自个儿会不知道吗？他愤愤地在客厅坐下，打开电视，按了几下遥控器，正好找到有个频道正在播出新片预告。看了几秒钟，他不禁脸上变色——电视里头的新片广告中，他的名字也是错的。

莫名其妙。接下来的一整天，他无论是翻杂志听广播，只要是关于这部新片的广告，他的名字都有同样的错误；无论打电话给从前的哪个朋友，报上名字后都没有人表示认识他。

一定有什么不对；怎么自己的名字会因为错误的广告而变成这样？他拿出身份证，欣慰地发现，至少证件上头的名字同自己记得的一模一样。

过了会儿，他突然像想起什么似的，偷偷地拿出修正液，往身份证上涂去。

排水管

他从一个刚过世的远亲那里继承了这栋房子——这种不入流小说里头出现的情节当真套在他的现实生活上，他和她都觉得不可思议又喜出望外。

据说这个他听都没听过的死人远亲是个爱猫的老人，独自住在一幢老旧的建筑里；老人不同任何两条腿的邻居接触，只有一屋子猫陪着。

他和她找了个时间去探勘那栋莫名其妙挂到他名下的房子，只见油漆斑驳四处粉屑，传说中一大屋子的猫早因没有食物而四散，仅余一只看来老气横秋的灰猫。

这房子好旧。她捂着口鼻阻挡空气中悬浮的粉尘，陪着他四下查看。凭空得了栋房子，你就别抱怨啦，他开心地搓着手，我现在的租契快到期了，把这里整理一下，刚好可以搬进来。

接下来的日子他为了乔迁的种种细节忙进忙出，而她则一头栽进没日没夜的工作之中——两人存款近乎零蛋，双方家长却又催婚不停，她心想趁有了房子快存点银子，恰好可以把这麻烦的婚事早早解决。

再去找他的时候，他已经把房子整理好了。她打开门，闻到浓浓的油漆气味；重新粉刷过的屋子看来崭新得一点也不真实，反倒是充塞在空间中的味道感觉非常实在。她走进客厅，听见他在咳嗽。

怎么啦？她关心地问。他摇摇头：大概是粉尘和猫毛的关系吧？原来房子的每寸空气里都是这些玩意儿。

过了几天，他的咳嗽没半点好转迹象，反倒日渐严重；到医院看过几回诊，医生也瞧不出个所以然来。

一晚，她刚走到门口，就听见屋里传来他撕心呕肺的响亮咳嗽，不禁皱起眉头。那些陈年粉尘和猫毛当真如此厉害？她心中暗忖，突然想起，已经好久没看到那只老灰猫了。

心念一动，她仿佛听见了几声微弱的猫叫。她循着声线找到防火巷内，发现猫叫声是从固定在外墙上的排水管里头传出来的。

难道那只灰猫被困在排水管里头？她一惊，抢进门去，告诉他这个消息。他的咳嗽稍歇，眼里却浮出某种闪烁的表情。等等，她睁圆眼睛，猫不是被你塞进排水管里的吧？

谁叫它那么吵？他顺顺嗓子耸耸肩，反正我也不喜欢猫。

她刚想回嘴，他又惊天动地地咳了起来，一声未歇，另一声已经冲出喉头。他抱着肚子，弯下腰杆，跪在地上使尽全力咳嗽干呕，似乎要将五脏六腑一并咳出口腔。她站在一旁，正不知如何是好，忽听见一个奇妙的声响自他喉间传来。

接着，一只灰猫被他咳了出来。

啤酒鱼

"你知道啤酒鱼为什么珍贵?"面对主管的发问,他摇摇头。

啤酒鱼是一种仅在某几家知名餐厅限量供应的高贵食材,得要花上大把银子事先预约排队才吃得到;像他这种无业游民,甭说吃了,连啤酒鱼的长相都没能见过。他当然知道这东西珍贵,但珍贵在哪儿?他却说不上来。

这下可好,他在心里埋怨自己,看到广告就跑来应征啤酒鱼的饲育人员,但连基本资料都没好好探听,想来被录用的机率很低。他脑中正转着如何表现应征热忱以补准备不足的念头,面试主管已经接着往下说了:"不知道没关系;饲育啤酒鱼,最主要的是要有心。"

有有有,他忙不迭地点着头,我绝对会全心全意地照顾它们。

"它们?"主管笑了笑,"一个饲育员,只能养一条啤酒鱼。既然你那么用心,那么就到那个房间去报到吧。"

走出公司，他还有点不敢相信自己已经被录取了，但抱在胸前的那箱啤酒，又提醒着他：刚才那段经历，并不是在做白日梦。

公司告诉他，啤酒鱼必须养在人体之中；他签下合约之后，鱼苗培育人员就将啤酒鱼的鱼苗植入他的身体里头，并交给他一箱上等进口啤酒，交代他每天需要喝进体内饲育啤酒鱼的分量，还附上记录表提醒他下回领取啤酒的时间。

这工作真简单，他心想，只要喝啤酒就成了。公司告诉他，等啤酒鱼长成了，他们会负责动手术将它移出来，而这个手术并不会让他受到任何伤害。

接下来的几周，他每天按表操课，喝下啤酒饲育体内的啤酒鱼。渐渐地，他的肚腹隆起，表皮逐渐显得透明；他可以低头看见一条长相怪异的鱼，在自己的啤酒肚里头悠然自得地转着圈。

啤酒鱼原来长得这副德行，他有时会想，其实看起来并不好吃嘛，那些有钱人到底在赶什么流行呢？

一天夜里，他突然惊醒，觉得胸腹之间有某种不对劲。扭开死白的灯，他赫然发现透明的表皮已经从腹部延展到胸膛，而透过胸骨的间隙，他看见那条啤酒鱼咬穿了横膈膜，正朝自己的心脏游去。

这是怎么回事？他大吃一惊，抓过电话拨了公司的紧急联络号码；那头接电话的专员声音听来充满喜悦："啤酒鱼长成了？好极了，我们马上派处理小组过去。"

一点都不好！他哀嚎，那条鱼正要啃掉我的心脏；你们当时说养这条鱼对我不会有任何伤害的！

"不不，"专员耐心地解释，"我们的承诺是取出的手术对您不会有任何伤害，可不是饲育啤酒鱼对您不会造成伤害哦。事实上，进攻饲主心脏，是啤酒鱼已然长成的证明呀。"

他双眼圆睁：你是说，这鱼本来就会吃掉我的心？

"那当然，"专员慢条斯理地说，"否则，您觉得这条怪鱼珍贵在哪里？"

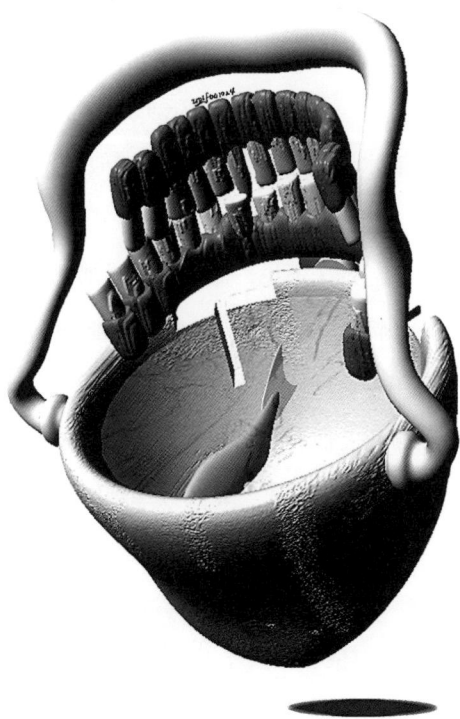

咖啡馆

他轻轻拿起眼前那杯浮着一层细致泡沫的双份浓缩咖啡，小心地吹了口气，接着浅浅啜了一口，仅仅吸去那层泡沫，带着浓烈香气的深褐色咖啡于是露了出来，仿佛他刚揭去了一层薄纱。

一个女子的倒影出现在咖啡杯里。苍白而美丽，隔着液体与他对望，看起来如梦似幻。

他看着她，她也看着他；他微笑，她也微笑了起来。

好久不见，他在心里对她说。她点点头，也许是因为心情激动的关系，浓醇的咖啡稍微摇晃了起来。

他赶忙用双手包围杯子，试图让她平静下来。想要聊聊吗？他在心里发问，她眯起眼笑了。他点点头，拿起咖啡杯，端详了一会儿杯里她的表情，然后仰起头将浓苦的咖啡一饮而尽。

放下杯子，他苦着脸但眼里带笑。

杯中的女子，安详地坐在他的对面。

她和他对望着，好一会儿都没有说话。

他喝了口开水，才舒开纠结的眉心，嘴角上扬咧成一个微笑。她看看他面前被他一口喝干的浓缩咖啡，再看看他的脸，眼里满盛着由心疼和揶揄糅合成的笑意。

别笑，他开口，一口喝干双份浓缩咖啡是很要命的哩。要不是只有这么做才能和你面对面聊聊，我才不会这么疯狂呢。

傻瓜，她道，你不记得了吗？咱们第一次相遇的时候，你就这么做过啦。

他的脸一红：不一样。那是同朋友打赌；再说，我当时也没料到你们店里头的浓缩咖啡这么带劲。

她依然笑着：还说呢。我在咖啡馆工作这么久，第一次遇到这种疯子，可真是开了眼界。

也许如此，他眨眨眼，你才会记得我吧？

她没有回答，只是低头浅啜了口眼前的咖啡。

他看着她，关心地问：怎么啦？

她放下杯子，若有所思地看着他，问：每次同你聊天，我都想问你一个问题。你有没有算过，自我们在这个咖啡馆相遇到现在，过了多久啦？

他歪着头想了想：大概一年了吧？

她叹了口气，摇了摇头：其实不止。我就知道你没有发现。

他睁大眼睛：发现什么？

我的样子，她指着自己，你难道没有发现，我看起来已经不一样了吗？我本来小你一岁，现在看起来，已经比你老了。

乱讲，他笑了起来，你看起来年轻得很，别胡思乱想。

胡思乱想？她摇摇头，正视现实吧。你有没有想过，我今年几岁了？

我今年二十七岁，他理所当然地回答，你当然是二十六岁。

她看着他映在咖啡里的倒影，静静地说：我已经三十六岁了。

他皱起眉头，一脸大惑不解。

她长长地吁了口气：十年前，你打算给我个惊喜，故意趁我还没上班前到咖啡馆来等我；这件事，你记不记得？

十年前？他的眉心锁紧，摇了摇头：十年前我们还不认识呀。

十年前，我们已经认识一年、交往半年了，她道，结果那天隔壁失火，殃及咖啡馆，只有几个人来得及逃出来。我来上班的时候，咖啡馆已经成了一片焦土废墟。

他的嘴唇发白，一句话都没说。她叹了口气：这些年来，我一直怀念你；现在我想，我该向前看了。

她一口喝尽面前的咖啡，放下杯子，眼前半个人都没有。她站起身来，走出咖啡馆，夕阳余晖映出几道闪光，她眯起眼睛。

迟疑了会儿，她开始向前走，没有回头。

她的身后除了一片空地之外，什么都没有。

桥墩

他完成任务之后，受到情报头子在秘密基地里的热情接待。

这趟任务，他成功地破坏了一座重要桥梁，阻断敌方的后援。为了这个任务，他已经改名换姓，在那个敌国后方的村落里生活了十年，终于完成了这宗没人看好的任务。虽然他为了这个任务花了十年光阴，最后还赔上了一条腿，但是为了祖国，这一切都显得值得。

"干得好，"情报头子亲昵地拍着他的肩，"腿伤如何？"

他下意识地挺起胸膛，"报告长官，不碍事。"

"嗯，"头子微微颔首，"这十年来，我们试过无数种方法想破坏那座桥，但它的桥墩异常地稳固，怎么挖、怎么炸都没用；我很想知道，你是怎么让它垮掉的？"

"事实上，"他回答，"那座桥是当地有名的古桥，在建筑的时候有个神秘的传说。"

因为溪水湍急，所以这座桥的建筑工事一直没有进展。有天，族里的长老占卜之后宣布，必须有个勇士砍下自己的腿、埋到桥墩下头，每年再换入新的人腿，这座桥才能在激流里稳稳站立。

"有这种事?"情报头子扬起眉毛，"他们真的这么做了?"

他点点头。

村里每年都会举办秘密祭典，由自愿献出健康腿胫的勇士提供来年替桥墩奠基的材料，而这座桥也就这么屹立不摇了起来。开战之后，这座桥梁的战略地位愈发重要，在几次炮火轰炸之下，埋了人腿的桥墩依然奇迹似的撑住了整座长桥，更令大家相信，这个献祭灵验有效，必须持续进行。

情报头子仿佛想通什么，两眼一睁："难道，你这条腿就是这么丢的?"

"是的，"他承认，"是我自愿献出自己的腿来替桥墩奠基；事实上，这就是我弄垮那座桥的方法。"

"哦?"头子的眼神看来大惑不解，"你献腿给他们安桥墩，怎么反而把桥弄垮了呢?"

他有点不好意思地笑了笑，"因为我有香港脚的痼疾啦——您知道的，那腿摆在河底一整年，犯痒的时候没法子搔，麻烦可就大啰。"

Chapter 2

砖洞

再次回到家乡的感觉很奇妙。

离开了这么久，这几年岛上的变化这么大，家乡倒像是独立在改变的涡流之外，几乎没有变化。

同亲戚无边际地讲了一席话后，他漫步在小时候钻游嬉耍的巷弄里头，某种属于往日的美好，一点一点地渗进胸膛。

经过村界边陲的一栋半圮老屋时，他突然想起一件事，马上快步绕到老屋的后头。

这栋老屋在他的记忆里从来没人住过；除了半倾的平房之外，后面还有一方塌了一半的墙。他记得在墙根儿一角有方砖是松的，可以把它挪出来，往砖洞里藏东西。

这个砖洞是他年幼时的秘密，四十大盗的藏宝库；除了他之外，没有人知道砖洞的存在。

顺着墙走了一小段，抚着凹凸不平的砖面蹲低身子，拨开几丛无名乱草，他欣喜地发现那块砖还在，像个完美的秘密。

　　自己在离乡背井之前，在砖洞里最后藏的是什么呢？他眨眨眼，什么也想不起来，只觉得有种隐隐的恐慌。有啥好慌的？他心里头自个儿嘀咕：现在来瞧瞧不就得了？

　　他双手按住那方砖微微凸出于墙面的两角，稍稍用力；砖与砖的隙缝当间儿崩下几块泥屑，守护秘密的砖块，渐渐被他拉了出来。

　　砖洞露出来了。他深吸一口气，把手探了进去。

　　刹时间，他的指尖碰到了某种温温软软的东西。他吓了一跳，收回手，趴低身子向砖洞里瞧去。

　　一张脸正从砖洞的对面同他一般惊疑地窥探。从对方讶异的眼里，某段尘封的记忆倏地冲回他的脑里；他认了出来，同他对望的正是当年的自己。

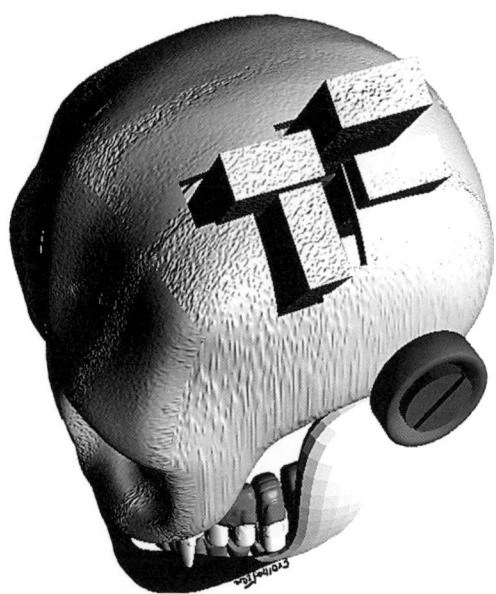

炼字

他已经砌好一堵诗墙，正在检视成果。

老师从他的后方走近，带着某种谨慎端详着每个文字。

这里还有点缺憾，老师指着一块特地敲成断句的字砖，我来替你补上。

他诚惶诚恐地谢过老师，看着老师走向炼字熔炉。

锤炼的声音响起；他眯起眼注视老师，炼字时既充实又苦恼的感觉瞬间塞满心房。

老师挥汗炼字，神情里有某种苦痛，也有某种自恃。

滚烫的意念流进铸模；老师高举大锤，敲裂模型，取出精炼的字块。

他屏着呼吸，看着老师捧起那个新炼的字，走向诗墙。

当新字嵌入诗墙的刹那，他才猛地发现：这堵诗墙再也不是自己的了。

体重

　　虽然以他的身高推算，体重是有点高过标准，不过他自认健康状况极佳，没有必要刻意维持所谓的标准体重；所以刚发现自己体重莫名减轻的时候，他并没有特别高兴，反倒是因为那些穿来合身的裤子都变得有点松垮，而他不知道是该买新的好，还是等待体重自动恢复好，让减重这回事儿变得有点伤脑筋。

　　过了一两个月，他发现自己的腰围没啥变化：既没胖回去，也没再继续缩小。心想也许自己的体重已然停留在某个稳定的标准上头，没想到一站上体重计，他就吓了一跳 ——体重计上头的读数，已然较自个儿原来的体重少了十来公斤。

　　这下他不敢怠慢，马上到医院做了全身体检。该照的片子都照了，该验的指数都验了，除了体重比标准轻之外，他的身体一点儿毛病也没有。

　　几家药商不知从哪儿得来的消息，上门找他当减肥药品的代言人。他心想没啥坏处，于是就答应了。这一季代言甲口服减重锭、下一季代言乙外用燃脂素，幸好他长了一张大家伙儿见过就忘的平凡脸孔，电视观众的记性又差，他一连替十多家药厂拍了广告，没有被任何观众发现。

在这段时间里，他的体重依然不停地下降；虽然外表看不出来，但他的体重已经剩下原来的十分之一不到。求助于现代医学看来没啥用处，于是他找上各类教派，请教该教典籍之中有否提过类似案例，就算是被恶鬼附身或者沾染怨念，也好过现在自己啥都不明白的糊涂情状。

没有任何一位宗教领袖给了他答案，倒是不约而同地都对外宣称他的体重是一种该教经典中提及的奇迹，前后颁给他圣者的封号。

自己的身体状况突然曝光，又胡乱成为各种教派里的圣人一事，把他的生活搞得异常紊乱。他好不容易搬了家、换了号码；几箱家当还没拆封呢，某个宗教家请他出席讲演的电话又神通广大地追来了。挂掉电话之后，他突然福至心灵地想起，干脆自己来创个新信仰好了。

新成立的宗教有他这个活生生的奇迹领头儿，一切事务都扩展得顺利神速。他的信众从高知识分子到市井小贩都有，平时他只要负责出面说几句谁都明白、不痛不痒的人生格言，大笔大笔的献金就会流进户头里来。

有天早上，他正在为稍晚的公开演说准备。瞥了眼墙角的体重计，他想起自从那回发现自己的体重已然变成零之后，已经许久不再量体重了；为了避免危险，平时他都会在外衣里头放一些重物来稳定自己。秘书打了内线电话进来，告诉他时间差不多了。他脱下外衣，打算换上演说时的正式服装；没有体重当然是种怪事，不过居然可以因为如此而成为现代人的信仰中心，想到这里，他不禁扑哧一声笑了出来。

这么一笑，他的脚轻飘飘地离了地。他吃了一惊，手忙脚乱地想要抓住什么把自己拉回地面，却因为在空气里头这么一游一划，自己竟然滑出窗外，轻轻地向天空飘去。

新兴教派领袖凭空消失的新闻震惊全球；有人认为他已然羽化成仙，有人认为他遭其余眼红教派暗算，当然也有人认为他的体重回复了，没脸见人只好躲了起来——只是主张这种论调的，后来都出了点儿意外，不敢继续开口。

与此同时，一枚人造卫星传回来的照片上出现了某物飞出地球的轮廓，看起来像个人形。不过这个人形被断言是电脑因故出现的杂讯，简单地被人遗忘了。

拉肚子

他苦着脸捂着肚子，坐在马桶上。

被肚皮包在里头的五脏六腑正在艰难地进行作业，不时发出运转不顺的噪音；他的眉头锁得死紧，一颗颗豆般汗粒从前额的皱褶之间被挤了出来。

他揉按了一下眉心，瞬间觉得藏在发际下方的暗扣松了开来。推开脑壳，把手伸进颅腔里掏了一下，他暗暗叹了口气：虽然知道自己的脑室里头应该已经空了，但真捞不到什么东西的时候，还是有点儿失望。

开会时灌进脑子里的垃圾实在太多了；他把头壳盖回原位，长长地吐出一口气。那些垃圾一点用处也没有，但渗透力和破坏力极强，从耳朵灌进来之后，不消多久就会把脑袋里头原来安排好的待办事项和进行中的大小琐事销熔殆尽，然后在一泻千里冲进脏腑时顺道将头脑冲刷得清洁溜溜，除了满肚子的不爽之外啥都没留下。

于是他只好一离开会议室便冲进厕所。

　　拉肚子的滋味很是难受，但他一想到待会儿回到座位上还得花上不少工夫才能重建脑中的资料库，太阳穴就隐隐地鼓胀了起来；不过就在同时，一种畅快从下方愉悦地传来——腹中恶货终于出清，他松了口气。

　　他清理完毕，整好衣裤，按下冲水掣。一推开门，他发现有好几个同事就等在门外；还来不及为自己制造出来的恶臭脸红呢，离门最近的一个同事已经一把将他拨开，冲进厕所隔间里头。

　　走出厕所，经过排队等着上厕所的长龙，他远远看见经理站在他的座位旁，对他露出"我想起有件开会时忘了交代你的事需要现在补充"的表情。

躯干

老人已经断气了。

她手上抓着把开山刀，他抓了支排挡锁，两人站在车边喘着气。

当然，这两个人都没有想到，要杀掉这个老人居然得费这么大的劲儿。

他走向预先停放在附近的另一部车，拿出铲子、锯子、锤子和斧头。

捣了老头的脸和牙。他走回来，说：顺便消去指纹、掌纹，就没人认得出他来。

她接过锤子，双手有点颤抖。

怎么？他问。

没，她摇摇头，只是想到老头刚诅咒说死了也会爬出土来，觉得有点可怕。

不打紧，他抡起斧头，我把他四肢全给剁了，看他怎么爬。

　　她看着老人瘦削的尸体，点点头。

　　他们收拾停当，他整理好毁尸工具，同她一起走回自己的车。

　　这事儿终于了结，他和她想起这个，嘴角不禁向上弯出一个弧角。

　　在他们身后，似乎有某种动静一点一点地发生。

　　过了会儿，一具没有头颅手脚的躯干翻出地面。

　　它胸下背上，利用破出体外的一副排肋，窸窸窣窣地开始潜行。

雨狗空间

他站在店门口打量了一会子招牌看板。然后推开门走了进去。

美丽娴雅脸上写着"书卷气"，穿着端庄却不失挑逗的长腿女生迎了上来。

"欢迎光临雨狗空间，"她甜甜地开口，"您有写诗方面的烦恼吗？"

是啊，好久没写诗了。觉得找不到那个点了。他嘴开合着，眼角瞄着女孩的腿。

"当然，"女孩的眼里闪着慧黠，"雨狗空间的开设，就是为了解决您的问题。"

嗯咳。他收回视线，清清喉咙；要怎么帮？

"身为不被认同的诗人，"女孩引导着他往里走，"一定觉得当雨狗很辛苦。"

不过；他正想反驳，看到女孩纤细的腰，突然忘了该接什么话。

"不过?"女孩转过身子,替他往下说,"身为雨狗实在是一种自由、一种光荣。"

没错。就是如此,他点着头。

"其实您知道的,"女孩熟练地拿出 DM 及价目表,"有时不是您写得不好……"

唔?他扬起眉,心思自进门后第一次自女孩身上拉回来。

"而是您的名气不够响,"女孩同他面对面坐下,"或者……"

或者?他觉得莫名其妙。

"……或者是您认识的朋友不够多。"女孩将价目表在小桌上成扇形摆开。

朋友不够多?他想了想,自己的朋友是不多。但这和写不出诗来有啥关系?

"雨狗空间可以提供您相关的协助,"女孩指着价目表,"您可以先看看说明。"

他皱起眉顺着女孩修长的手指读了几行 DM,这是什么东西?

"您需要解释吗?"女孩挪挪坐姿,"我们提供可靠具公信力的媒体、出版及文学界有力人士名单；根据不同的服务项目，酌收合理的价格。握手签名照片、作品刊登、公开推荐、专文撰写、导读辟论……每种服务都有极佳的品质保证。更棒的是，您可以自行选择要登堂入室，还是要继续拥有雨狗的身份。"

等等等等，他打断女孩的话。雨狗还得干这码子事？

"我知道您自视甚高，"女孩解释着，紧紧抿住嘴角的一点不耐，"但……"

没什么但不但。他的眉心纠结起来，我也不觉得自己有啥好自视甚高的。

"您别误会，"女孩试着安抚他，"现实层面总要顾及；雨狗还是得生活嘛。"

如果做了这些事，他不悦地表示，那这人就不是什么雨狗了嘛。

"不是的，"女孩尝试耐着自个儿的性子，"您要知道，雨狗也分成好几种……"

雨狗的个性也许会有好几种，他站了起来，但是雨狗的本质只有一种。

"先生，"女孩急急地一道站了起来，"您……"

这儿不该叫雨狗空间的。他四处望了望，往门口走去；雨狗也得有圣堂？哼哼。

"先生，"女孩真的生气了，"如果您不需要这些服务，那您进来做什么？"

他站住脚、搔搔头，转过身子：其实，我只是想知道为什么自己这么久没写诗。

"但我们雨狗空间……"女孩还想插话。

我不需要有人教我怎么卖诗。他耸耸肩。

肋琴

他从小就想要当个拥有自己肋琴的琴师。

想当琴师并不简单：他日复一日地重复单调的基本指技，小心翼翼地培养每个指尖、每段指腹、每块手掌上的厚茧（而且不能因为养茧而让手指失去灵活），闭目解读前辈大师们每个音符里蕴含的情绪、静坐冥思某个主题部的旋律与宇宙之间的和谐关系……他知道，光有精湛的演奏技巧或者只说不练、技法及内涵无法达到平衡一致的高度，那么这个琴师就只是个不入流的丑角，但就算他能够内外兼修，前头还有个难关等着。

这个难关就是制造肋琴。

琴师要选定自己的某对排肋，动手将之抽出来，系上特选的肠弦来制作肋琴。一个琴师一生只制作一部肋琴，这部肋琴只有在这个琴师的手里能发出最好的声音——琴师的身、心、灵都将经由来自体内的肋琴所奏出的音乐合而为一，进而牵动每个听者的灵魂与呼息。

制作肋琴除了要琴技与涵养皆达一定水准之外，还因制作的过程要忍受极大的肉体痛苦，所以得在琴师处于身强体壮年龄时就进行作业。这种限制无疑减少了有资格制作肋琴的琴师人数，制作肋琴之后，琴师将会因耗费大量精力而加速老化，不但会缩减自己的演奏生涯，也会减短寿命——虽然每个琴师都信誓旦旦地说，自己在用生命做音乐，但演奏当真会危及性命的时候，大家说这话的气势就空虚了起来。

另一方面，一些琴师也发觉，并不是每个听众都能够对琴师演奏出来的旋律心领神会，反倒是在自己的旋律里头加进一些煽动的音符、表演时带上几个魅惑的眼神，更能让听众如痴如醉。这种做法渐渐被大部分的新进琴师所仿效，甚至有些老琴师也跟着照章行事，替自己日益衰颓的事业创造了第二个春天。

在这种风气下，当他想要找位制琴技师替自己挑选排肋制造肋琴时，竟然完全找不到合适的人选。合格的、有制作肋琴经验的老技师不是已然故去，就是在慨叹世局之后不知去向；新人技师完全没有肋琴制作该有的眼光和手艺，有些居然连肋琴是什么都没听说过。

几经波折，他终于在一家安养院的病床上找到一位濒死的老师傅。制琴老师傅枯骨似的手指顺着他的排肋一对对向下点选，突然睁开一只浑浊的眼，对他说：我现在按的这对骨头，已经是你所有的排肋里最适合做琴的了，但是，它们还是不能做出一把好琴。

为什么？他急急地问。老师傅倚回带着黄斑的干瘪枕头上，道：做肋琴的骨头必须要骨质致密，才能有和谐的共鸣，你的这对排肋质地太松，做出来的琴声音不会太好。再说，老师傅咳了两声，眯起眼睛看着他的脸，你的身子骨看来不挺硬朗，真的做了肋琴，你剩下的时日可能没有多少。

他点点头，没再说什么。

那晚，他在家里抽出了那对排肋，自己拉上了肠弦，调好音准，运指弹了起来。

被认为不适合做琴的排肋发出有瑕疵的共鸣声，他拨着弦，几个音符开始连缀成一段并不完美，但却如生命一般真实的旋律。城市里的每个角落、每个居民都隐约听到了一段平实的乐句，仿若某种大家一直视而不见的存在，却在一个刹那间惊觉它的珍贵。

　　当居民发现他时，他已经维持着怀抱肋琴的姿势死去多时。当大家推敲出那晚的琴音来自这把琴之后，立刻将这把肋琴分解检验，并依照这对排肋的特性，制出了成千上百把人造肋琴；为了推出这个新产品，赞助厂商特地举办了一个盛大的演奏会，请来当红的琴师，以人造肋琴演奏他去世前的那段感人乐句。

　　"肋琴绝响"的门票销售一空，当晚所有的琴师都使出浑身解数演奏了起来。听众们高昂的情绪和兴奋的呼喊，简简单单将所有人造肋琴唱出的悲鸣掩盖了过去。

时光胶囊

当她打开门，发现他站在门外时，讶异得差点昏厥过去。

他们两个端坐在长桌两边，他依然年轻，但她已经枯槁老去。

我没想到这辈子还会见到你，她幽幽地说。

我也没想到自己能活着回来，他回答，当年我服下时光胶囊的时候，并没有想到事情会如此发展。

当时他们已经计画步入礼堂，他的多年好友理所当然地担任伴郎。在婚礼前几天，他们意外地得到一种新型的配方，叫"时光胶囊"。这种新药号称可让人滞留在某段时光里头，最适合沉浸在幸福时光里头的人使用。他和她当下决定要在婚礼上头服下时光胶囊，让自己最幸福的时刻变成永恒。这药是打哪儿来的？他问提供胶囊的好友。这是个秘密，好友回答，担心什么？难道我会害你不成？

谁知道刚吞下那个胶囊，我突然发现自己离开了地面。

他瞪着她隐在皱纹后面的眼睛，周遭的景物开始快速旋转了起来……这到底怎么回事？

你真是没有物理概念。她突然轻轻地笑了起来，仿佛回到过去的少女时代：你难道不知道，所谓的时间和空间其实是一个整体吗？时光胶囊会把你和你吞下胶囊当下的时空连接起来，所以就你看来，自己似乎离开了地面、周遭快速旋转，那是因为地球有自转公转等等运动，当你被固定在某个时空里头之后，自然会跟不上地球运行的速度。说真的，在我们眼中，那天你已经撞出教堂二楼的窗户消失在天际，现在居然能活着回来，我真的觉得不可思议。

我也不知道自己为什么还活着，他皱起眉，那么，为啥我看到的世界变化全成了加速画面？

因为你的时空被固定住了嘛，她解释，如果你没有飞走的话，对我们而言，将会看到你维持一个几乎不会变动的姿势，而对你而言，则会看到世界剧烈变化。

那现在为什么又恢复正常了呢？他问。

她耸耸肩：我也不知道。也许是药效过了。其实，这种药根本没有正式上市过。

什么？他似懂非懂地抓抓头，眼光四下逡巡了一会儿，突然发现她挂在墙上的结婚照片。照片里的她和好友依偎在一起，笑得十分甜蜜；他两眼圆睁，恍然大悟地道：原来他早就知道这回事了！他把这种鬼胶囊拿给我，原来是想害死我、好同你在一起！

她摇摇头：他那时虽然对我有意思，但他并不知道时光胶囊的真正功用。

他恨声道：管他有心无意！这混蛋到底在哪里？

这么多年过去，他已经去世啦。她淡淡地道。

仿佛一盆冷水当头浇下，他似乎现在才看清楚眼前的她有多么苍老。为了替自己找台阶下，他还是咬牙切齿地道：不知道药效就乱拿来给我吃，他到底在想什么？

他什么都没想，她平静地说，当年，是我要他把药拿给你吃的。

空腹

母亲推门朝外走的时候，他的肚子里正好传出巨大的回响。

你除了会吃之外，还会干吗？母亲回头望了他一眼，身后的门外传来一个男子不耐烦的催促。

他没说话；母亲掺着无奈和气愤的言语自她的嘴角无力地流下，包围在他的沉默外圈：吃吃吃，你老头就是被你吃怕了，所以才会不吭一声跑掉的；不是我不养你，而是我养不起你啊。

母亲的身子突然向外一歪，被那个喃喃催促的男人扯了出去；门板荡了回来，把最后的字句切得零零落落。

空腹里传来轰轰的响声；他回头看看没剩什么东西的室内，抓过那个破书包，啃了起来。

多年之后，许多父母把他的发迹史当成励志故事，告诉自己的小孩；从他小时候被父母先后遗弃、不知饿了多久才被社工人员发现的悲惨童年，到成为全国首富、连续五年被选为最有价值钻石单身汉的富裕。父母们会告诉孩子：他只靠自己努力就得到了一切，现在你们有父母亲的支持，将来理所当然要有更大的成就。

说故事的父母们和听故事的孩子们所不知道的是，当他在深夜终于独处，他会松开围在自己腹部的层层包覆，让自己永远无法饱足的空腹发出轰然的空洞声响。

接着，他会打开巨大饱满的保险柜，木然地拿出钞票，嚼食起来。

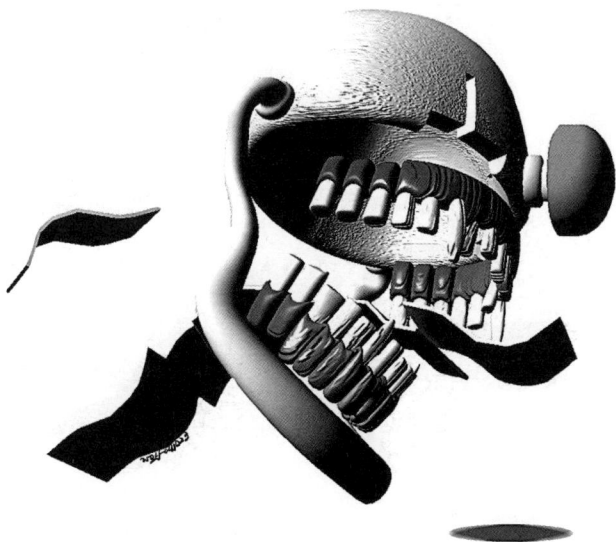

模范

被谋杀后的第七天夜里，他回来了。

她还在用"爸爸出远门"的理由搪塞哭闹不休的小女儿呢，一抬眼看到他开门走来，差点儿没吓晕过去。他抱起小孩儿哄了哄，再向她欺近；刹那间，从小到大看过的恐怖片情节咻咻咻在她脑中混乱地重播了一遍。

不过他既没有张嘴作势要吸血，也没撑大鼻孔打算吸取人气。他只是搂了搂她，虽然透体冰凉，但却隐隐有种前所未有的温柔。她抽抽鼻子，闻到一股尸臭。

那夜，他躺在床上，她沿着脊骨切开他的背，把发臭的烂肉挖掉，然后拆开客厅的坐垫，将填料缝进他的身体里。

虽然怪异，但新生活就这么开始了。

如此过了几年，左邻右舍渐渐忘了他们在夜里如例行公事般的狂乱争吵，女儿也会在作文簿上理直气壮地写下：我的爸妈彼此恩爱、生活甜蜜。就连她有时都会怀疑，过去的他是不是真的动辄对自己拳脚相向？自己是不是真的曾在一个盛怒的夜里，抓起流理台的尖刀刺死了他？只有在填料再度发出异味时，她才会确定那段记忆的真伪。

在模范夫妻表扬典礼上，他和她还有几对受奖人一起坐在前面几排；主持人在台上口沫横飞地讲述夫妻相处之道时，她闻到一股隐隐的腐臭。这股臭味提醒她，又是必须拆开他背脊的缝线掏出那团秽污、重新塞填全新填充物料的时候了。她在心里头算计着家中橱柜里剩余的填料够不够用，忽然想起自己前几天才替他换过填料，不应该这么快就发臭。

接着，她意外地发现，同自己一起坐在前几排等着受奖的模范夫妻们，每个人的后颈根部都可以瞥见隐约外露的线头。

她眨眨眼，还没反应过来，他已轻轻地抚上她的颈背，充满歉意地道：你闻到了？最近工作忙，来不及替你换填料；先忍耐一下，待会儿回去我就替你换好。

恋爱实用指南

　　打过电话之后，他按着指示来到一栋大厦，穿过大厅，走进电梯。

　　"欢迎光临。"柜台后留长发绑马尾戴眼镜的中年男性服务人员有礼地招呼着。

　　他看看四周："这里就是专卖'恋爱实用指南'的地方？"

　　"是的。"服务员从柜台后走出来，引领他到一张桌子前头坐下。

　　他落了座，依然东张西望："但怎的我一本书都看不到？"

　　"我们的实用指南，"服务人员说明着，"必须视您的需要，即时为您量身定做。"

　　服务人员的手往桌面的某处轻压了一下，一套连接键盘的液晶荧幕浮上桌面。接着，服务人员在键盘上敲了几个键："现在，请告诉我您的基本资料。"

他凑过头去看着荧幕上的表格，嘴里念着资料，服务人员的手指利落地键入。

"好，"服务人员看看荧幕，"您知道多少对方的资料？也请告诉我。"

口述动作继续，键入动作继续。

"好了，"服务人员满意地点点头，"再来，我必须请问您的目的。"

"我的目的？"他皱起眉。

"是的，"服务人员解释着，"就是您希望这本实用指南替您达成什么目的。"

"但是，"他摇着头，"我谈恋爱没有什么目的呀。"

服务人员叹了口气："希望对方对您好一点；希望您能够在各方面吸引对方的注意力；希望您能够成为对方一生的最爱，或者，嘿嘿，想同对方干柴烈火地上床翻云覆雨……诸如此类；您一定有个类似这样的目的吧？"

他还是摇着头："没有。"

服务人员瞪大眼睛："您的爱恋没有目的？"

"嗯。"他肯定地回答。

"那么，"服务人员摇摇头，站起身来，"很抱歉本公司帮不上您的忙。"

　　他急急地跟着站了起来:"这里没有比较一般性的指南可以给我一些提示吗?"

　　"无目的的爱恋不会有被满足的终点,再一般性的指南都没有用,"服务人员叹口气,道,"说真的,也许您该去看看心理医师了。"

雨季

今年的雨季特别久，左邻右舍全都开始担心了起来。

这一带住户依山而居，大伙儿打开后门就是山坡，只要雨势太大、下得太久，就可能会有土石滑动的现象。

这回事大家都知道，只是平时抢种经济作物时没人会去关心到什么水土保持的问题。

除了他之外。

与其他人家后山的果园景象不同，他家后头的山坡上是片小森林；他精密地计算过林地面积、土质状况，依本地的纬度选出最合适栽种、最有利于抓拢土壤吸附水分的树种，在每棵树都不至于相互干扰的情况下，在自己的土地上种了最大数目的树。

邀她到家里一起用餐的那个夜里，一声巨响在他和她欢好的时候轰破深夜。

他和她停下动作，面面相觑，接着一起下床拉开窗帘，发现左右邻舍的后山看起来似乎在暗夜里开始移动。

她的眼里显出惊惶，转头开始用眼光逡巡卧房，想找出自己的衣物。他轻抚她的背，道：别怕，这里很安全，你瞧。

顺着他的手指望去，她发现正对自己的这片山坡，完全没有滑动的迹象。

真是不可思议。她惊喜地问：你是怎么办到的？

平日就要注意水土保持哦，他理所当然地回答，你不知道我为了这件事，花了多少心思。

你还真是未雨绸缪呢，她钦佩地说，或者你有别的理由？

别的理由？他想起森林下头埋着的那些前女友尸体，不禁微微地笑了起来。

螺丝钉

某种感应倏地爬上鼻尖；他的手飞快地捂上口鼻，打了个响亮的喷嚏。

呼，他移开手掌吸吸鼻子，突然发现自己的手心躺着颗小螺丝钉。

他皱起眉头瞪着螺丝钉。几秒钟之后，他直起脖子抬高下巴向四周东张西望，仿佛方才有个隐形人快速而轻巧地把这颗螺丝钉放进他手里，而他现在正打算把这个神秘者揪出来似的。

当然没有什么神秘隐形人。但怎么会在打喷嚏的时候从鼻子里弹出一个螺丝钉来呢？他抓抓头想了想，突然有了种可怕的顿悟：

他其实是个机械人。

自己一直以来认为的人生，可能全是假的；他想起自己无病无痛的顺遂人生，开始恐慌了起来。

二话不说，他打了个电话到医院，约了时间做全身检查。

检查的结果一切正常，医生指着 X 光片对他说：您的身体好极了，一点儿毛病都没有。

这不是我的 X 光片吧？他看着那张显示出人类骨骼形状的负片，怀疑地问。

医生看了一下编号记录：没错，这是您的片子，有什么问题吗？他没有说话，直接走出医院大门，约了另一家医院；几天后，另一家医院给了他一模一样的答案。

自己明明是机械人，为什么照出来的 X 光片同一般人一模一样？难道是医院联合起来造假？他回到家里，拨了个电话给自己的家庭医生，询问这位令人信任的老医师对于两家大医院的评价，没想到老医师给的评分都很高。

我的身体一定有什么不对吧？他小心翼翼地对老医生选择着措辞，不然哪有人从小到大都无病无痛的？

无病无痛？老医师笑了一声，你要不要来看看你在我档案柜里的病历记录？你小时候的毛病可多得很呢。

小时候自己曾经体弱多病？他想了想，似乎真有这个印象；等等，如果自己是个机械人，那么这些记录，很有可能是假造的，老医师其实也在说谎。

到底为什么自己会受到这样的待遇？也许自己是个实验用的机械人，人类特意将虚拟的记忆灌输到自己的电脑里头，让自己自认为是个人类，在人群当中生活，并且记录一切，当作某种将来可以造福人类的实验资料？他想及这层，觉得忍无可忍，认为这种不自由、被当成实验用小白鼠的生命，不如自己亲手将之终结。

他登上高楼的顶层，站在楼边打算往下跳。腿才往外伸了一半，他突然想起：如果自己一切的一切都被当成实验数据来记录，那应该有某种机制在全天候监视自己，为什么现在要跳楼了，却没有半个人出来阻止搭救？

念头还在转着呢，他就瞥见大厦管理员的身影出现在逃生门楼梯口；他心领神会地微微一笑，捏紧手心里的螺丝钉，朝外一跃而下。

医护人员赶到的时候，他已经没了生命迹象。警员和急救小组将他的尸体七手八脚地抬进救护车后，有个医护人员听见了某种声音；低头一看，发现置放尸体的担架下方有颗小螺丝钉。医护人员不明就里地眨眨眼，把它捡起来，轻松地扔了出去。

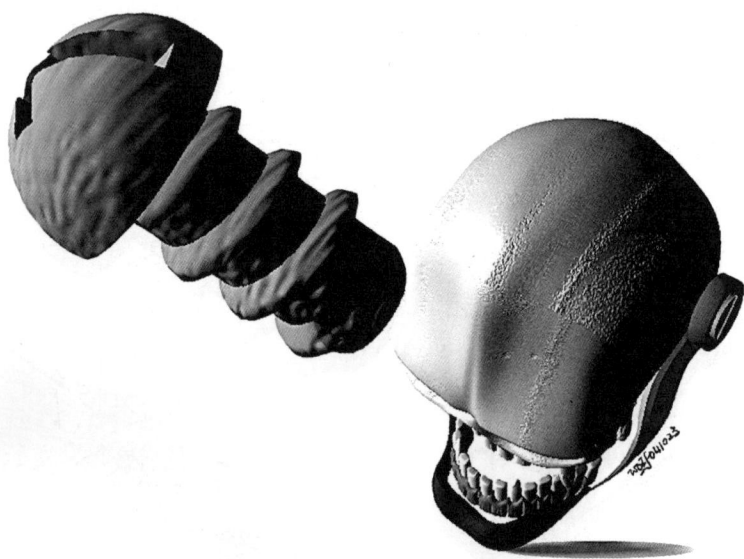

电影院

　　他第一次在公司附近的小巷道里发现这家已然关闭的电影院时，觉得非常有趣。

　　这个电影院夹在一般住宅当中，看起来并不起眼，只有外墙上贴着戏院的名字，昭告大家它的身份。

　　一楼的铁卷门拉到地上，扣上巨大锈蚀的锁头，看来多年没有开过；穿过铁卷门的空隙可以看到被布幕遮盖的售票亭，售票口上方的放映表是空的，不算富丽堂皇但看得出来想努力表现得落落大方的手扶梯，就蜿蜒在一边。

　　也许是许久之前还可以在市街里找到的地方性小戏院？也许是专播二轮片（甚或色情片？）的秘密场所？他不知道；他对公司附近的城镇发展史并不清楚，只是身为一个业余的老电影迷，觉得在小巷子里头发现了个戏院很好玩。

　　这天下午，他刚从外头跑完业务，绕小道回公司时，意外地发现电影院的铁卷门升了起来，售票亭的布幕被拉开，露出售票口。他好奇地走近，发现售票口里头有张微笑的脸。

又开始营业了吗？他问。

售票员笑着没有答话，只是递给他一张票。

反正现在回公司也没要紧事儿，他一面拾阶上楼，一面在心里头盘算着。顺着标示趑进放映厅，他发现整个大厅里只有他一个人。

会看到什么电影呢？他兴奋地等着。

灯光一暗，前方的银幕亮起。胶卷跑了几秒，他突然发现，这是一部他耳闻已久却一直无缘得见的老片。故事在另一个世界里开展，他安心且愉悦地潜了进去。

警醒的时候，他已经记不得自己到底在这个戏院了坐了多久、看了多少电影了。现在是什么时候了？他自问，有点微微的惊慌。

别急，银幕上的性格影星转头对他说，我们的时间多得是。

他讶异地眨了眨眼，听到银幕里的男主角继续道：在梦里面，现实里的时间观念是不存在的。

所以，他有点失望，我其实是在做梦？

是，也不是，性格巨星耐心地解释，其实，你是部老电影里的角色，演的是个无趣的业务员，有天做梦时梦见自己进了个老戏院。

呃，他有点糊涂了，所以我是个电影角色做的梦？那我到底算不算真在做梦？

是真是假，并不那么绝对。男主角潇洒地喷了口烟：电影的角色是真也是假、他做的梦是假也是真。还没说到我呢，我是个电影角色做的梦里出现的电影角色，那么，我是真还是假？

唉唉，他挥挥手：我不要想这么麻烦复杂、没有答案的问题。我该走了；这个角色什么时候会从梦里醒来？

别忘了，咱们还在电影院里。性格男星捻熄了烟，充满魅力地耸耸肩：影片什么时候结束，灯什么时候亮起，其实不是我们可以决定的。我的戏到此结束，但我不知道你的角色什么时候会醒。

银幕黯去。他在黑暗里深吸了一口气。

冒充

完事之后，他坐在床边，看来有点苦恼。

"怎么啦?"她慵懒地横过手轻触他的背脊，饶富兴味地观察着自己冰冷的指尖在他背上点过时，带出的一小片鸡皮疙瘩。

"我想，"他长长地吐出一口气，仿佛想把肺叶里的空气全榨出来，然后下定决心似的转头面对她，"我得向你坦白：我是冒充的。"

她睁圆了眼："什么冒充的?"

"我不是你以为的那个人。"他带着羞赧却坚决的痛苦说道，"你的男友是我的双胞胎哥哥，因为我久居国外，所以你没见过我。这次我回国，哥哥却发生了意外，家里忙得不可开交；母亲怕你听到消息后想不开，吩咐我来看看你。"

她抓过被单掩住自己的裸胸："那你，你为什么……?"

"因为当我一到楼下，瞧见你开门出来的时候，我就对你一见钟情。"他绝望地揪着头发，"我从前就看过你的照片，但没想到你本人美得仿佛不可能存在；再看到你的神情，我就知道你把我当成哥哥了，所以……"

她皱起眉轻轻叹了口气："既然如此，我也向你明讲：我也是冒充的。"

"什么?"他抬起头。

"我在听到你哥哥意外身亡的时候，就已经做了决定。"她指向虚掩的浴室门口，"但在我确实地完成了我的抉择之后，正好看到你出现，而你同他又长得那么像，所以……"

他疑惧地把视线扫向浴室，正好看见关了一半的门后，有双线条优美的小腿正在半空中轻轻摇动。

头

一不小心，他的头掉了下来。

头颅滚了几滚，停在地上，左耳贴着地面，眼睛刚好看得见少了脑袋看来有点蠢的身子。

试着动动手指。他看见自己的右手食指中指动了动，稍稍放下心来。虽然头掉了下来，但似乎还是可以控制自己身体的行动 —— 虽然不知道原因是什么。

他命令身体抬脚、走近、弯腰、伸手，打算把自己的脑袋捡起来安回脖子上去。

两条腿走得跌跌撞撞；本来走路得靠眼睛定位，现在视线和走的方向根本不一样，也难怪身体动起来别别扭扭。

身体终于走近头颅，正准备弯腰。他想想，弯腰这动作不大稳，要是一不小心失去平衡，身体可能会受伤。他决定让身子蹲下来，再做捡头颅的动作。

膝盖慢慢弯曲，身体蹲了下来，伸出手摸索着。没有眼睛辅助，想做个简单的捡拾动作都显得十分麻烦。他一面想着，一面努力上下左右地控制自己的手臂。

如果今后好好练习，说不定自己会变成聚会场合里的红人，他想，毕竟，能表演断头后自己捡回脑袋这种绝技的人不多。

手指终于碰到了他的脸，他慢慢地要自己的身体把自己的头拿离地面，轻轻地放回脖子上方。

突然，一阵摇晃。他的手一松，脑袋咚咚地掉回地上，他唉哟唉哟地滚了几圈，一抬眼发现是个漂亮的女郎撞到他的身体。嘿嘿，好个美女，他想。

女郎低头发现他掉在地上沾满尘土的头，两眼居然直勾勾地盯着自己看，脸上显出了厌恶的表情。她轻轻地哼了一声，快步离去。

不过就是头掉到地上，他心想，到底为啥要露出那种嫌恶的表情呢？头掉了，再捡起来就是了嘛。

他歪歪嘴，发现唇边似乎碰到了什么东西。眨眨眼睛调整焦距，他才发现距自己脸颊不远的地方有个馊掉的便当，一营蚂蚁正在忙进忙出。唇边又传来一点点骚动，他极力向下转动眼珠，发现有一小队蚂蚁正经过自己的脸部下方，向那群便当中的蚂蚁奔去。

看着蚂蚁发了会儿呆，他突然发现，有为数不少的蚂蚁开始向自己爬来。

怎么办才好？他慌了手脚，想赶紧把头捡起来。但少了眼睛的辅助，右脚一家伙卡上左脚，结实地摔了一跤。

还没来得及喊痛，他已经感觉到，有数个小小刺刺的啃啮感觉，在自己的双颊唇边眼睑耳垂蔓延开来。

闸门

大雨已经连续下了几个月，今天终于稍歇；阳光还没出现，城里的每样东西表面看来都覆了层霉，几个因水患而疏散的地区，居民趁着机会摇着橡皮筏子回来捞取财物。

她打开诊疗室里的除湿机，拍拍长躺椅的绒布面，一阵苔藓的气味弹了上来。

他准时进了门，向她点头打招呼，然后在长椅上落了座。

你知道雨今天为什么停了吗？他开口问。

她摇摇头，打开他的病历夹，拿出自己惯用的钢笔：为什么呢？

因为我昨天想通了，他直起身子来，我的那话儿，其实是老天的闸门。

唔？她皱起眉头：什么意思？

我的意思是，他解释着，如果我去小解，老天就会继续下雨。从昨天开始我已经禁止自己去上厕所了，所以今儿个雨终于停了。

她在心里偷偷叹了口气。她已经尝试治疗他的妄想症状多时，但状况却一直时好时坏，现在又无端蹦出这个理由来，说不定妄想症没治好，反倒搞出个尿毒症来。

我知道你不相信我，他看着她的表情，理所当然地道，咱们可以来做做实验，记录一下——只是别拖太久，你知道的，灾区的状况不大乐观。

几周下来，她不禁怀疑了起来。只要他声称不如厕的隔天，一定不会下雨；倘若他连着几天不小解，天空还会射下几道阳光，但只要他进厕所，乌云马上会收拢过来，开始下雨。

这是什么状况？她心烦意乱地看着窗外的阳光，捏皱了手上的记录数据。他认为实验结果已然说服她之后，已经连着一周不上厕所了，但总不能要他一辈子不上厕所吧？只是这雨下得城市都稀糊了，再下去怎么得了？

干脆杀了他吧，她在心里对自己说，这样既不会让他因尿毒发作而痛苦，也不用再悲天悯人地憋着不如厕；一劳永逸。

服下那锭据她所言可以减轻尿毒痛苦的药片之后，他觉得喉头一紧。转转眼珠，他恍然明白，自己刚吃了颗毒药。看着她复杂的眼神，他只来得及在失去知觉前说了一句：这不是关上闸门的方法……

他闭上双眼，她长长地呼了口气。还没将下一口空气吸进鼻腔，她已经先闻到某种气味。

转身一瞧，窗外的阳光不知何时已然消失。街上的咒骂声穿透窗户传了进来；雨，再度落下。

时光旅行社

"这里就是时光旅行社?"他好奇地东张西望。

她带着职业性的礼貌微笑:"是的。可以为您服务吗?"

"时光旅行不是只会在科幻片里头出现吗?"他饶富兴味地倾身向前,看着她的眼睛。

她的眼里除了真诚的坦白之外读不出其他讯息:"我们可以向您保证,本公司所代理的服务是千真万确的时光旅行,绝对不是科幻片那种没有理论根据的胡编剧情。"

"真实的时光旅行?"他攒起眉头,"可以到过去,也可以到未来?"

"很抱歉,"她摇摇头,带着歉意地解释,"回到过去的时光旅行机制还在最后的修正阶段,我们还没开放,也不建议您尝试。但是,到未来的时光旅行机制完备、价格公道,而且经过证实,对于时光旅行者的身体及心智的健康毫无影响。如果您真的想要尝试时光旅行,我们推荐您试试这套行程。"

"那要是我不喜欢那个时代，想要回来，那怎么办？"他问。

她的嘴角依然带着笑。"我们公司秉持诚实原则，不会欺骗客户，所以我必须老实告诉您，我们无法给您回到现代的保证。但，"她调皮地耸耸肩，"也许您可以赌赌看，说不定您到了回到过去的时光旅行机制已然成熟的时代，那么想要回到现代或者过去，根本都不成问题。"

他想了想，点点头："我想来试试看。不要贪心，只要到二十年后瞧瞧就好。"

"好的，"她递上一份表格，"请在这份合约上签名，我们马上为您安排。"

○

他睁开双眼，觉得四肢的肌肉不听使唤，无法起身。一个声音轻轻地响起："您的肌肉正在接受电刺激以恢复机能，请稍待。"

"现在是什么时候？"他迫切地想要知道时光旅行是否真的成功。

那个声音轻柔地报时，他的表情因为又惊又喜而变得有点怪异："到未来的时光旅行真的成功了！我真的到了二十年后！"

"电刺激完成。"那声音轻快地道。他试着动动自己的手脚，转动脖子，发现自己处于一个类似科幻小说的套房里。

他愉快地下床，习惯性地朝一个类似浴室的小隔间走去。一走进小隔间，他看见一面镶在墙上的镜子，里头有一张苍老但愉快的脸正回瞪着自己。

他张大嘴巴，那张脸也张大了嘴。

在那个瞬间，他突然明白了一切。

舌尖接着剂

"你会不会觉得，有的时候讲话讲到一半，需要提及记忆里的某件事或者某个名字的时候，这个字眼儿明明是自个儿知道甚至熟悉的，但一时之间就是想不起来说不出口；或者有些事是理应要说出来的，但是因为某些原因让人迟疑了，反倒没有方法好好地说出口。"他问。

她点点头："是啊；好像这个东西就在距离舌尖一点点的地方，但就是够不着，没法子把它弹出来发声。"

他一拍双手。"没错，比喻得好。你瞧，"他从口袋里掏出一个软管，看起来像支缩小尺寸的牙膏，"这个时候，'舌尖接着剂'就会派上用场。"

"舌尖接着剂?"她皱起眉心，怀疑但好奇地看着他手上的东西。

"嗯，"他把那管接着剂递过来，"你瞧它上头写的：明明知道却临时想不起来、明明想得起来却临时说不出来、明明说得出来却临时不敢公开、明明应该公开却临时选择发呆；这些症状遇上舌尖接着剂，全都迎刃而解。"

"这么厉害?"她瞪大眼睛，十分感兴趣，"我来试试。怎么用?"

他微微吐出舌头，"直接在舌尖上点一点就行了。"

她依言轻吐舌尖，拿着舌尖接着剂在舌面尖端点了一点。她收回舌头，看着他，水灵的眼睛里多了点复杂。

沉默。

"有件事很早就想告诉你，但一直说不出口；"她突然张嘴说话，"现在我想是非说不可了。有好几次我说要加班，其实是和你死党上宾馆去了。"话一说完，她喘着气，似乎突如其来毫无保留的吐实让她花了不少力气。

他瞠目结舌地看着她的双唇。再看看她手中的舌尖接着剂。再回到她的眼睛。

他喃喃地开口："其实，哪有什么'舌尖接着剂'？我只是逗逗你而已。"

咖啡色

　　逛了一个下午，她真觉得累了。"年纪真的大了，不比小女孩了，"她在心里自我解嘲，"年轻的时候逛整天的街也不会喊累，现在可没法子啰。"

　　她提着购物袋站在人行道旁，张望了一下四周，想找个能遮阳能歇腿还能提供饮料让自己提神解乏的地方。不远处传来一阵咖啡香，她眯起眼睛，发现在前方有个露天咖啡馆，几个穿着衬衫打着领结腰系黑色围裙的侍者，正在小圆桌之间穿梭，时而弯腰微笑聆听客人点单，时而细心地替客人收去桌上的纸屑。

　　在国内的时候，因为工作的需要，她常喝咖啡；不过几回出国，几乎都是为了公务，没有机会悠闲地在咖啡馆里好好地品尝咖啡。

　　看着咖啡馆，她突然想到，要不是因为咖啡，自己很可能不会是现在的这个模样。

　　中学的时候，她念的是美术班。

她对颜色的感觉细致敏锐，对时尚的嗅觉独到准确；本来大家都认为就算她不朝专业绘画领域前进，也会在各种时尚设计业界里崭露头角。

她自己也这么认为。直到那回陪同学走进咖啡馆。

现在回想起来，她似乎还能看见咖啡馆微暗的室内，斜进室内的阳光映照出空气中的微尘，一个老人坐在角落，似乎不属于这个世界。

"有兴趣算命吗？"老板亲切地提及，"坐在那里的老先生会看相哦。"

少女的好奇心态，驱使她和同学一起请老者看相问感情；老者喃喃地对同学说出一段听来了无新意的占卜结果，她正觉得无聊，老者突然转向她，没头没脑地念出了数字。

过了几天，她突然发现那是个色票的编号。

一种漂亮的咖啡色。

自己问的明明是感情的归属，怎么会同咖啡色有关？她百思不解，打算再回咖啡馆找老者问问。

但无论她什么时候造访咖啡馆，老者都不再出现。她向老板询问，也得不到什么确切的答案。

不过因为常上咖啡馆，她对喝咖啡渐渐有了心得。佐以她的设计长才，她开始提供许多印制菜单、传单，设计独特商标字样的意见，然后开始在咖啡馆里打工，进而自己设计起花式咖啡。

学校毕业之后，她没有继续升学，也没有朝绘画或者设计业界前进，似乎理所当然地，她开始在咖啡馆里全职工作。

身边的亲朋好友都对她的决定感到惋惜，认为她葬送了自己的大好前程，但她觉得在咖啡馆中被浓郁的咖啡香气围绕，才能让自己真正满足。

有时她会想，当初老者说的，也许就是这回事吧？

想起这段往事，她在露天咖啡座坐下，自顾自地笑了起来。

她在老板退休之后继续经营咖啡馆，现在已经是数十家连锁咖啡店的负责人。占卜时问的是感情，最后却成了事业；而且因为公务忙碌，她到现在还是单身一人。

侍者送上菜单，还附上一张印了各种咖啡色小方格的纸卡。她听说过这里手艺高超的咖啡师傅能照客人的要求，用咖啡和牛奶完美地调制出一模一样的颜色。她检视着那些咖啡色小方格，突然发现有个同色票上一模一样的漂亮咖啡色。

　　她指了一下那个颜色，侍者点点头，伸手接过色卡，她和他的指尖短暂地轻碰。她和他都愣了一下；接着侍者漾起一抹笑，走了开去。

　　那抹笑里似乎藏着什么？她心里想着，当年的占卜结果忽然明亮了起来。

针虫

你有没有听过针虫？她问。

啥？他皱起眉头：恐怖片里头那个整颗光头上头插满大头针的家伙？

不是，她摇摇头，那个角色叫针头。我问的是针虫，一种细小的、散飞在空气里头的小动物，没几个人看过哦。

传说中的动物吗？他笑了起来：我没听说过这种，不过倒听说过另一种叫螺姿的怪物，这种传说中的宇宙生物长得像根棒子，身体两侧有类似翅膀的薄翼，充斥在空气里无所不在……

哎哟，她不耐烦地打断他的话，我不是在说螺姿啦。我在说针虫。

好吧。他双手枕在脑后，摆出一个懒洋洋的舒服姿势。在刚与她大汗淋漓地结束缠绵之后，他实在不想去追究她为什么要在这种时候扯出什么怪虫来当话题。

针虫是差不多这么大的小虫子，她伸出食指，用拇指在上头局限出一个指节左右的距离：口器部分是软针，长有两对薄薄的鞘翅……

听起来像是蚊子嘛，他一面在心里想着，一面回忆起自己曾经看过一篇报导，说女人在听恐怖故事时容易有快感，难道她是想再来一回合？

针虫没有眼睛，她自顾自地继续，身体是细细的半透明蠕虫状，靠鞘翅在空中飞翔。

没有脚吗？他插嘴问话，免得让她觉得自己心不在焉。

她摇摇头：没有。针虫会从耳道侵入人体，然后寄生在脑部。针虫无性繁殖，分裂出来的针虫会顺着血管流到宿主身体的其他部分去，当这个宿主体内的针虫数量到达一个程度之后，宿主就会看见，其实针虫就散在空气中无所不在。

他觉得有点儿发毛，下意识地把本来枕在后脑的双臂收回，缩进被窝里头。看着他的反应，她扑哧一声笑了出来，也滑进被褥底下偎了过来：嘿，这是我乱扯的啦，吓到你了？

他感觉她温润的手摸了上来，一股热流冲进自己的下腹。他微微一笑，正准备吻上她微噘的唇时，忽然觉得耳道里传来一阵麻痒。

　　有某种东西自他的耳道爬出，落在肩膀。他转动眼珠，瞧见那只同她方才形容一模一样的怪虫，振起鞘翅朝她飞去。

Chapter 3

眼珠

他和她决定要结婚了。

两人的笑脸早在几天前就被摄影师压进一张胶片，然后冲洗放大裱框，现在就摆放在结婚典礼会场入口。

照片上的他和她一脸幸福，两个人额上的独眼中都是星光。

亲友陆续到齐，音乐响起；她扶着父亲的手步入礼堂。

父亲的独眼里有着骄傲与不舍，而坐在前几排的母亲，正频频擦拭着自空洞的眼眶里流出来的眼泪。

他和她一起站在神坛前头，宣誓互吻。

牧师点点头，在他的独眼周围架上一圈银制品，将他的眼皮撑开。

接着她拿起一把雕工精致的长钻，看见他的独眼里闪过一抹害怕。

独眼族类在婚配时，有一方得自愿放弃自己的眼睛，从今而后，两人共用一颗眼珠，相互扶持终老。

他们之前已经讨论过了。你的眼睛这么漂亮，他深情地说，结婚时，当然是把你的眼睛留下啰。

言犹在耳，看他的表情，难道已经后悔了？她还没来得及细想，手已经在牧师的指示之下，准确地掼入他的眼球。

几乎不费什么力气地，她将他的眼珠缓缓自他的眼眶里抽出来。

长钻贯穿瞳孔，她似乎还能看见虹膜上头烙着恐惧的颜色。

真没用。她在心里啐道；转头瞧瞧大门，突然想朝门外的光亮逃去。

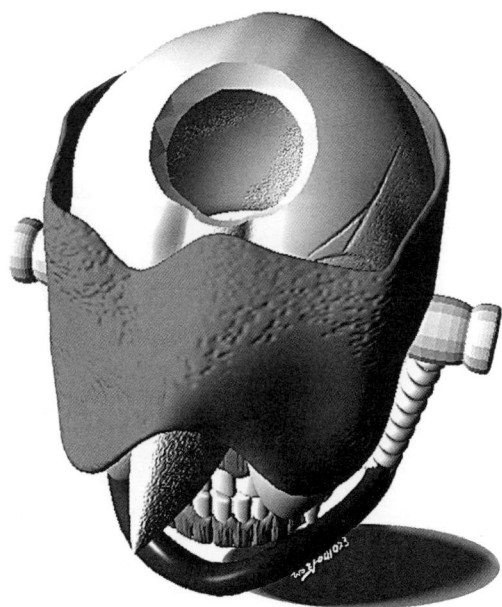

种子

夜里她没来由地开始腹痛。

她弓起身子，踢开薄被，挣扎地抱起肚子。

他猛地惊醒，发现她背上的冷汗已渗出睡衣，渲成一片痛苦的版图。

攫过钥匙，他将她一把抱起，开车直冲急诊室。

满脸倦容的医生看着 X 光片，说看不出什么不对。没有肠套情况，没有阑尾发炎，她也没有其他多年积累的肠胃毛病。

不过这么一折腾，她已经觉得痛楚减轻许多，但他坚持要检查个清楚，否则无法放心。

医生把胃镜伸进她的食道一路向下，皱着眉眯起眼端详荧幕上的影像。除了烂糊成一团的晚餐之外，她的胃里还有颗形状完整但不知名的种子。

种子不会是腹痛的原因；医生想了想，问过他们中餐及晚餐的菜单，开了简单的肠胃药，把他们打发回家。

回到床上，吞了药，她觉得好多了。他松了口气，熄灯；两人再度睡去。

闹钟响起的前几秒钟，他被一个噩梦惊醒。

他抓过还没响的闹钟，直接按下嗫声按钮；朝身旁一看，突然睡意全消。

一株不知名的植物从她的口内伸出，横过房间从窗户穿出屋外。他掀开被单，发现植物的根向下穿透了她的背以及厚实的床垫；没什么血，不知是被床单还是被植物吸去的。

他摸摸她干瘪的尸体，再摸摸植物饱满、充满生气的粗壮主干。

接着，像是下了某种决心，他伸手攀上植物，开始向上爬去。

复制伴侣

她突然接到被派往海外分公司的人事调动，令他觉得有点错愕。

当晚，他在床上搂着她，半开玩笑地道：你这一去最少要三个月才能回来；你说，这九十个晚上我该怎么办？

天天冲冷水澡啰，她笑着回答，不然，就去情趣用品店找东西自我安慰吧。

过了几天，他在清理电子邮件信箱中爆满的广告信件时，看到一个耸动的标题。他打开那封 e-mail，仔细地读了一遍，然后拿过便条纸抄下邮件里的地址。

那天下了班，他照着便条纸上的地址，找到发广告信件的公司。

你们真的可以复制伴侣？他一进门就迫不及待地问。

是的。接待人员一面请他坐下，一面说明：我们可以替您复制伴侣。这是专为现代工作繁忙但力求专情的好男好女所设计的；先生出差、太太调职，另一半虽不想当出墙红杏或薄幸郎君，但却孤枕难耐，所以……

行了行了，他挥手打断接待员的广告词，我想复制我太太，该怎么做？

首先，接待员清清喉咙，我们要您的结婚证书影本。我们可不是非法生意，不能随便替别人制造复制人。其次，您得签份合约，并且注明这个复制伴侣的存活时限；在这段时间内复制伴侣不需喂食，时限到了则会自动分解——免得产生种种复制人衍生问题，什么身份证啦、公民权啦……

好了好了，他扬扬合约，我签好了。时限是三个月。接下来我得做什么？

接下来您只要再给我们一份样本就好了。接待员顿了一下，继续说明：就是要复制的那位身上的细胞，我们才能依此复制。最简单的方法，就是给我们一些她的头发。倘若您……

我知道了，他指指手表，我约了人打球，得先走了。

他停好车，远远就看见穿着运动服背着球拍的死党走了过来。

你在搞啥啊？死党解开自己的马尾，甩甩头发，再重新扎好：等了你半天，场地全被占走啦。

不好意思，他低头赔不是，我刚去办复制伴侣的手续。

复制什么？死党睁大眼睛。

你知道我老婆要被调到国外去嘛。他说。死党点点头，他续道：而我又不想在外头胡搞，所以才去签约复制伴侣的嘛。

真是个乖孩子。死党抓抓头发：还好我没这麻烦。

隔天上班前，他想起得带一些她的头发才能进行复制。他在枕头上发现了几茎她的长发，于是把它们收在小信封里头。

她搭上飞机的隔天正好是周末。一大清早，货运公司就送来一个大箱子，他兴冲冲地在签收单上签了名字，看着两个工人把箱子抬进客厅。

他关好门，深吸一口气，把箱盖掀了起来。

一个同死党长得一模一样的长发男子躺在箱里，对他露出充满魅力的微笑。

寄物柜

寄物柜里传来细细的骚动声音。

第一回在这里做夜间巡守的他发现这个情况，觉得头皮发麻，下意识地摸了摸挂在自己脖子上的护符。

走在前头的老警卫看来无动于衷，是因为耳背了，没听见那些声响？还是已经麻木了不想搭理？

寄物柜里头有声音，他追上老警卫，你有没有听见？

老警卫点点头。他追问：那你为什么不管？

我管不了。老警卫回答。他想了想，又问：你知道那里头是什么吗？

老警卫又点点头。他续问：那里头到底有什么？

一种无奈闪过老警卫的双眼；老人摇了摇头，没再说话。

这天上工的时候，老警卫还没到。他一个人晃了晃，突然想到该趁这时候去瞧瞧那个寄物柜。

用万用钥匙打开寄物柜，一阵腐臭扑鼻而来。

　　一堆烂成一团的臭肉瘫在小小的寄物柜里，依稀看得出来原本应该是个婴孩。

　　不知因为哪种驱力，死婴肥短的手指仍然刮搔着柜壁。

　　他皱着眉掩着鼻子，发现死婴的脖子上有个熟悉的物件。

　　凑近脸，他发现那是个护符，同自己脖子上的一模一样。

　　刹时间，他听见背后传来老警卫深深的叹息。

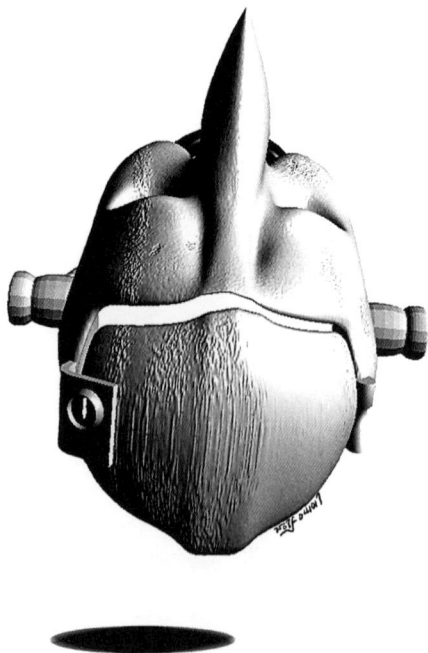

芳香剂

虽然只是一件小小的芳香剂采买案，她却饱受压力。

她不但当初力排众议，决定买下这种标榜"自然花香"的厕所芳香剂，而且还一口气签下了未来三季的合约。但当新的芳香剂一放进厕所，大伙儿闻到的，却是一股难闻的有机化学臭味。大伙儿皱起鼻子，眼光全都投注在她身上。

这是怎么回事？她拨了那家供货商的客服电话；客服小姐用一种"客人您别少见多怪"的语气回答，只要多摆一点时间，芳香剂混入了足够的必要成分，就会出现效果。

什么叫"必要成分"？她追问，但客服小姐已经挂了电话。

到了下午，化学药味愈来愈浓。那股味道似乎已经从厕所里头满溢出来，流注到办公室里头，在大家的脚下积累了厚厚的一层恶心。不但没人想去厕所，也没人想待在办公室，全都借故早早离席。老板离开的时候，捂着鼻子对她说，公司没有预算另外买这个东西，往后三季的这个费用，你自己想法子。

哪有多难闻？她赌气地坐在位子上，不想动作。

隔天早上，第一个到班的总机小姐发现大门没锁，有点儿紧张。战战兢兢地推开大门，突然发现，整个办公室中都充塞着浓郁的花香。

总机小姐吸吸鼻子眨眨眼，看见整个办公室都开满了花。怎么回事？跟在后头的几个同事一进门就喊了起来。

大家一阵惊异之后，有人想起昨天到最后一直都没离开的她，于是大伙儿一起绕过层层叠叠花丛，来到她的座位。

她的椅子上覆满了各式各样的花，堆叠蔓延到办公桌上。大家左顾右盼，才发现她被盖在花毯下方的干瘪尸骸。

隐形眼镜

第一次戴上隐形眼镜，她眨眨眼，世界刹时变得清楚起来。

转转水灵的眼珠子，她突然发现右眼角落有个极小的黑点。

是隐形眼镜不干净吗？她拿下隐形眼镜，对着光左瞧右看，嗯，似乎没啥不对。

左手指尖拎着隐形眼镜边缘，右手执起生理食盐水，略施压力冲洗一阵，再把隐形眼镜按回眼珠上头。

不对。那个小点还是在。

眨了几下眼睛，没什么不舒服的感觉。算了，她心想，大约是自个儿心理问题。

虽然近在眼前，说不在意还就真能视而不见。当她再次想起那个奇怪的黑点时，发现那个黑点已经扩大，隐约出现了向四方辐射扩散的情势。

怎么回事？她再拿下眼镜，仔细地检查了一遍；隐形眼镜泛着微微的绿色透明晶亮，完全看不出什么问题。

她不敢再戴，把左眼的眼镜也除下，一起浸进保养液中。

这天，她收到一张喜帖，上头排排印着高中死党和高中男友的名字。她想起从前的种种，突然有点不甘心。

婚宴那天，她早早下班，做了头发，换上精心挑选的礼服；对着镜子端详自己时，才突然想起应该去配副新的隐形眼镜——她早想定了要用最美的样貌、最雍容的仪态出现在会场。看看时间，她决定不要匆匆忙忙地东奔西跑，弄得自己狼狈不堪。她打电话叫了计程车，趁着等车的时间，把多日没戴的隐形眼镜放进眼眶。

新人到她这桌敬酒的时候，她觉得自己可以明显看出新郎眼中的惊艳与新娘难掩的妒意。她心满意足地落了座，突然发现右眼里那块黑斑不知何时已经扩大，占满了半个视界，形状像是个箕张的手掌。

她故作镇定地离座闪进女厕，对着镜子看了看，自己的眼里似乎没有任何异样。但那片黑翳的确存在，而且扩张的速度似乎愈来愈快。

一声尖叫盖过婚礼会场中的所有喧闹，包括喝得半醉的胡闹宾客在内，都把脑袋转至发声的方向。饭店人员回过神来，面面相觑、相互推挤，拱出两个男性服务员进入女厕。

身着华服的她倒在厕所地板上，半张脸浸在血中。服务员一面大叫要找救护车，一面怯怯地蹲低身子观察。

她的一颗眼珠被拉扯出来，滚在一边。空洞的眼眶里，似乎听得到什么正在窸窣爬行的声音。

伞

孩子今天照旧拖着一把巨大的伞到学校里来。

伞是露天咖啡座用的那种长柄大伞，需要沉重的伞座才能将它们固定展开。拖着大伞，让本来就矮小的孩子看起来更微不足道。

学校里头其他小孩都喜欢开孩子的玩笑，有时还会把大伞从孩子的手里抢走，藏到校园的角落里头。孩子也不反抗，也不还手，但无论大家把伞藏在哪里，他总是有办法把伞找出来，拖在身后走回教室。

每到下课时间，孩子就会拖着大伞，走上学校的顶楼，怔怔地看着天空。上课铃响了，再拖拉着大伞，哐哐当当地走回教室。

师长们当然知道孩子有点奇怪，但除了拖着大伞、下课上顶楼之外，孩子从不惹其他麻烦，久而久之，所有的老师也都自动睁一只眼闭一只眼。毕竟，全校得要师长们操心的小朋友实在太多了，只要不吵不闹不打架不妨碍上课，就是不令人伤脑筋的乖学生。

这天下午，第一堂课的铃声响起，学生们三三两两睡眼惺忪地从桌上抬起头来。老师走进教室，一眼就瞥见孩子的座位是空的。

这孩子八成还在顶楼，老师想着，对全班同学喊道：你们谁到顶楼去把他叫下来？全班小孩儿相互看了看，没有人自愿上楼。

老师叹了口气，自个儿走上顶楼。下午一点钟，顶楼的太阳又毒又热；老师眯起眼睛，果然看到孩子不顾毒辣的阳光，坐在栏杆边瞪着天空发愣。

喂！老师刚开口叫唤，突然看见孩子缓缓地站了起来，第一次打开那把大伞。

天色刹那间暗了下来。老师吃了一惊，抬眼看天，又密集又饱满的雨点急速地冲了下来。

一阵风吹来，撑着大伞的孩子一个摇晃，轻轻地被吹上天空。老师目瞪口呆了一会儿，突然像想起什么似的追到顶楼边缘。孩子已经被远远地吹离了学校，顶着雨飘向远方。

下方的学校里头响起此起彼落的惊呼。老师向下一瞧，发现积水沉默而且凶猛地淹了上来。

沙漏

所有人都安静地躺着。等着。他和她也一样。

他们层层叠叠，面朝上，一派悠闲。

不时会有一点点震荡出现，然后，每个人都会发现自己的位置较方才低了一点。

这时他们知道，是有人成功地从沙漏中央的狭口滑了下去。

然后他们继续满足地等待，既不焦急，也不惶恐。

他先感觉到身下一空。接着，他不由自主地翻了个筋斗。

被他翻转的脚跟一拨，她也滑了过来。

两人一起塞进狭口，于是像预先排演似的卡着了。

头下脚上的两人没有挣扎，因为他们呆住了。

沙漏的下方盛满了断裂的胫骨、残缺的排肋、散落的脊柱，以及破碎的头颅。

他和她互看一眼，心照不宣地决定继续卡住狭口。

　　虽说上方层叠的人都不知道真相，但他们认为自己有责任阻止他们滑向灭亡。

　　他们保持着把关的姿势，认为自己成功违抗了命运。

　　过了许久，他和她才发觉，沙漏的上端似乎传来了腐臭的气味。

失物招领 其一

他扶着她的肩膀，由她领着到失物招领处的老位子上坐下。

她起身去抽号码牌，他感觉到身旁那个熟悉的体温渐渐远离，虽然已经是每天的例行公事，但仍不免有点惊惶。她如果一去不回，怎么办？她如果想起自己从前对她的次次不忠，怎么办？现在许多事都得要仰仗她，没有她，他不知道自己该如何生活。等等，他感觉到她的体温靠近；她回来了。

今天的人好多，她用指尖在他的手掌上写着，咱们有得等了。

没关系。那么多日子也等过了，不差几个小时；再说，除了等待，他也没别的事好做。年轻时候那种在商场、情场上都尽力拼命的劲儿，早已离他而去了。

柜台上方的号码灯有气无力地闪着，每前进一个新的号码，就会发出一声嘶哑的"叮"；每一次听到"叮"声，她就会点点他的手臂，提醒他等待的时间又缩短了些。在她时快时慢的提醒之间，他开始觉得昏昏欲睡。遗失了这么重要的东西，自己居然还想睡觉？他在恍惚之间，不禁有点哑然失笑。

他突然惊醒过来，发现她轻轻地拍着他的手背。轮到我们了。她在他的手掌上写道。

她挽着他站了起来，牵着他的手，一起向柜台走去。他能感觉她正在向柜台人员询问些什么，接着，从他的手里，他能感觉到她的手变得无力。

他心里知道，他遗失的头颅还是没人找到。

失物招领 其二

他莫名其妙地坐在失物招领处，她站在一旁。

柜台后头没表情的办事员开始发问：您说您的头颅不见了，知道在什么地方丢的吗？

不知道。他回答，有回出差，睡在外头的旅馆，一醒来就不见了。一面回答，他一面觉得怪：现在自己没有头，到底是怎么听见声音，又是怎么说话的？办事员又是怎么听懂的？真神秘。

那么，办事员想了想，又问，现在您能睁开眼睛吗？

咦？他倒没想过这点。集中精神，嘿，我睁开眼睛了，他开心地回答。

办事员搓搓手：好极了。快告诉我们您看见什么，我们好依着线索去把您的头找回来。

我什么都看不见，他据实以告，周围一片漆黑。

那么，办事员皱皱眉头，听得见什么？

我什么都听不见。他回答。

办事员想了想，道：这情形有好有坏。好的是您的头颅应该还好好儿地被保存着，没被啃、被吃，也没掉到水沟里发臭、发烂；坏的呢，是看状况有人把您的头藏在一个与外界隔绝的地方了，这下子想找到，可不大简单。

你一定要帮帮我！急切之中他想抓住办事员的手，却不小心打翻了他的茶杯。她赶忙帮着收拾，一面擦拭着泗流的茶水，一面喃喃道歉。

这样吧，您先回去，办事员把桌上的一堆文件摆到安全位置，回头对他说，有消息我们再通知您。

看来也只能如此了。他让她扶着，一起回到那栋气派的独栋豪宅里。她按下保全密码、解除几道防盗警铃，牵着他往卧室走去。

把他安顿在床上时，她瞥了眼卧室角落那个巨大厚实的保险柜，唇角露出了甜美的微笑。

化装游行

在夜半的山路上遇见一群奇装异服的人，他和她第一个感觉都是不寒而栗。

脚下一紧，他踩满油门，险险地绕过那一队人，差点没法子完成接续的一个大转弯。

但在遇上第二群、第三群之后，他和她开始觉得有趣了起来：这些怪异装扮的人，一队队地走在黑暗的山路上，到底要到哪儿去？

他减缓车速、摇下车窗，奇装异服的队伍又唱又笑地赶了上来。他探出头问：嘿，你们要到哪儿去？

那里，带头戴着小丑面具的那人向外一指，那里有个化装游行，我们正要去参加。

她的眼睛亮了起来：化装游行？

是啊，小丑面具点点大鼻子，二位有兴趣的话，就一起来玩玩吧。

他向她看了看，瞧见她眼里的跃跃欲试，自己心里却不知怎的有点担心。他想了想，道：但我们没有准备道具，不大方便吧？

她的嘴还没嘟起来抗议，小丑面具后就已经传来了笑声：这个不打紧，我们准备了一大包道具，二位尽管挑喜欢的用吧！

他悄悄叹了口气，把车停下。她开心地下车，到队伍中央的那个大布袋中翻找起道具来了。他向着黑暗的山路看了看，问：游行的地点离这儿有多远？

很近，小丑面具回答，别开车了，一起走吧，这样才有游行的热闹感觉嘛。

他无置可否地把车停在路边，接过她替他挑的面具，加入这群人，走了起来。

过了不久，一辆车从大家的身旁呼啸而过；又过了几分钟，又是一辆。

在又叫又跳的队伍里，他突然发现，除了自己之外，所有人都在车子经过之后，极有默契不约而同地一起换过面具及装扮；刹那间，整个队伍似乎成了另一个完全不同的团体。

车子第三次出现，他注意到，这辆车同几分钟前行经队伍旁边的那两部车一模一样。

　　这辆车在前头放慢速度，停了下来。

　　他还没回过神来，身体已经自动笑着跳着，同所有成员一起向停在前头的房车奔去。

花衣

他在梦里见到她，站在森林的边缘，穿着一身花衣。

屈指算算，她不告而别已经几个礼拜了。

站在林边穿着花衣，他在看晨间新闻时想着，也许表示她现在过得很好？

新闻报导，登山客发现一具埋在花叶下的赤裸女尸，身份不明。

那晚他又梦见她，花衣飘逸。他没见过这件花衣，也许是新男友送的？

晨间新闻追踪着前一天的凶案，法医证实无名女尸是被勒死的。

她又在梦里等他。他鼓起勇气走近，发现她的花衣由败落的残花和枯叶铺成。

他伸出双手抚触她的脸，她微笑着将脸颊埋入他的双掌之中。

手掌内面传来温润的触感，他感动地将手深入她的长发内，锢住她的颈项。

他的手指愈来愈紧，她的笑容愈来愈甜。

你为何只在梦里如此对我？她艰难地开口，却还保持着甜笑。

我怕伤害你，他的手继续使力，让温柔听来咬牙切齿。

唉，她叹息，你难道不明白这就是我离去的原因？

他一怔，还没来得及回应，就被突然响起的电话铃声拉回现实。

你曾报案指称恋人失踪，警察在电话里说，我们认为那具山中裸尸就是她。

没错，他亡羊补牢地抢道，她是我杀的。

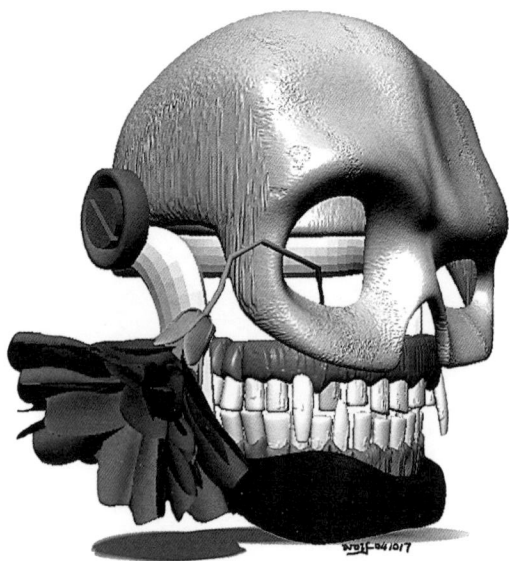

大厦

抬起头，他发现偌大的办公室里，只剩下自己这个隔间的灯还亮着。

他看看表，才发现时间在他方才埋头苦思新企划的时候已经无情地流逝。

重重地呼了口气，他突然想起，今晚同她有约。

记起这件事儿让他愣了一下，因为依照约定，他应该四个半小时前就要到她家楼下接她才是。

这四个半小时以来，她没有打电话来确认、追问，甚至连责备都没有。

要么就是她已经习惯他的工作狂个性；要么就是她已经对他死心，不打算维持这段感情。

按照最近他们的相处状况看来，他很明白，第二种猜测最可能符合现实。

他拿起电话，想起现在已经是她休息的时间 —— 她最恨在睡美容觉的时候被打扰，他可不想火上加油。

　　叹了口气，他收拾自己的东西，提起公事包走出办公室。

　　走廊一片漆黑，四部电梯只剩一部还在运作。他撳下电梯钮，看着灯号由小而大顺畅地升到他所在的楼层。

　　整栋大厦的人都走光了吧？周末夜里的这个时刻，不会有人还留在公司里加班的。他走进电梯，心里不由得抱怨了起来。

　　把时光无止境地花用在工作上头，但却似乎得不到对等的回报。薪水微薄就不提了，无趣反复的工作也没法子带给自己任何满足或者成就感。

　　看着一路向下的电梯灯号，他觉得自己像个被利用完毕、抽光榨干的废物，正在接受被大厦排泄的最终命运。

　　走出大厦厚重的强化玻璃门，听见自动锁在身后喀哒一声扣上。他向外走了几步，觉得身后似乎有什么动静。

　　回头一瞧，他诧异地发现，灯光全灭了的大厦，从一种蹲踞的姿态缓缓站起。

呕吐

　　他在夜里莫名醒来，挣扎到马桶旁边，头一歪嘴一张，一团酸气伴着干呕冲出，不甘不愿地停在马桶水面和他的嘴巴中间。

　　接连着的几声干咳，都没能呕出什么来。他勉力直起上身，摸索着厕所外墙上的电灯开关；死白的灯光刹时大亮，他眯起眼，一面用手背擦去因呕吐及突如其来的强光而流下的眼泪，一面狐疑地自忖：究竟是怎么回事？

　　晚上喝多了吗，还是宵夜吃坏了肚子？

　　其实都有可能。自己的应酬本来就不少，前阵子好不容易升职了，这些天的应酬数目更成等比级数跃升。如此几周下来，身子当然吃不消，何况自己今晚喝得特别醉。

　　话说回来，虽说那些应酬推辞不掉，但他很明白，自己从不曾推辞过任何一次的喝酒应酬：一方面是因为他觉得自己能够在商场上爬得又快又高，这些拉拢巴结的聚会是主要助力；另一方面是从公司同事、厂商招待到酒店小姐，几乎他的每个情人，都是在应酬的场合认识的 ——应酬对商场情场都如此重要，怎能不去？

再说，他从来没有像这回一样因为喝醉酒而想呕吐。

除了年轻时的那一次。

他回想起那次醉酒，起因是女友离去；原因平常得丝毫不令人意外，但心却痛得不能自已。他在好友的陪伴下喝了几轮，走回宿舍时又在便利商店买了一打啤酒，赌气似的一口气全喝了个精光。隔天早上，他没去上课；好友前来敲门的时候，他正把脸埋在马桶里狂呕。

那次之后，他仿佛自里而外换了个人似的，少了许多木讷，多了不少机巧。这种转变不但让他在出社会之后事业顺利，也让他成为纵横情场的老手。也许是酒喝多了，酒量变好了，反正他从此不再因为醉酒而恶心想吐。

心念方转至此，一股蛮横但熟悉的感觉陡地自胸腹之间升起。他机灵地把脑袋往马桶一凑，感觉有某种东西自喉头迅速上涌，仿佛要将自己从里而外翻转过来。

隔天开始，他的上司、下属以及这几年间认识的朋友、情人，都觉得他变得不大一样；他有时也有这种感觉，尤其是在翻看这几年留下的照片时，总觉得照片里的那个人不是自己。

　　只有在当他看着镜子的时候，会悄悄生出一些警惕 —— 虽然不很确定，但他知道这种感觉同呕吐时自己曾经里外翻转暗暗相关。

跑步机

身为一个健身教练，他熟悉健身房里所有器材的使用方式。但当他自己进行健身活动的时候，却有某些习惯。

比如说，练胸大肌中间部位时，一定使用五楼走道北面数来第一部举重器。练背阔肌外侧，使用四楼背肌区那四部机器中东北角那一台。练侧腹的旋转训练器有一排五部，他一定要用左边数来的第二部。西面第三架仰卧起坐台子送去换新皮面的那几天，他干脆加重其他腹部训练的分量也不去使用别的仰卧起坐台。

其实每个健身的人都有自己惯用的器材，但像他这么偏执的极为少见。他也说不上来是什么原因，只觉得使用不习惯的器材就是不对劲，仿佛肌肉拉伸收紧的运动怎么运作都抓不住感觉。

这天晚上他结束课程，同前来打扫的清洁人员打了声招呼，表示自己会留下来运动，可以替他们处理锁门闭馆的杂事。他换下教练的夹克，打算好好地做一轮有氧训练流流汗。

在没有人的健身中心里头运动真是舒服，他心里想着，自个儿惯用的器材统统待在固定的位置上，不会有人同他抢。他先踩了半个小时的飞轮，然后站上跑步机，设定好速度坡度时间，迈开脚步跑了起来。

跑了几分钟，他觉得热身够了，打算加快速度；这念头刚动，他就发现跑步机仪表板上的显示数字跳了跳，脚下输送带的速度也快了起来，正好是他打算增加的幅度。

有趣！他想，在这部跑步机上跑了这么久，它居然开始明白自己的心意！一念至此，他跑得更带劲儿了。

跑步机的仪表板上闪烁着愉快的光芒，仿佛也感染了他的开心。他跑着跑着，突然想到：自己一直在这部跑步机上跑步，已经不知道跑过多少公里，但事实上跑步机哪儿都不能去，只是一直乖乖地杵在原地而已——这么一想，跑步机似乎有点可怜。

他自胡思乱想中回过神来，突然发现跑步机仪表板上的灯号大乱。怎么回事？他按了几个钮打算把速度降下来，却感到混乱的红色灯号，看起来有点疯狂的意味。

隔天，早班人员来上班的时候，发现健身中心的大门被撞歪在一旁，地上还留有可疑的赭色斑点。他的尸体在斑点的尽头被发现，双腿已经不见了。

警方赶来，调出了昨天夜里的录影带。录影带上清楚地拍下了一部长出两条腿的跑步机，兴高采烈地冲出大门，向不知名的方向跑去。

遥控器

　　和所有人一样，他一出生就带着遥控器。

　　遥控器可以控制他如何行动坐卧、如何作息生活。虽然无法控制思想，但没人愿意被钳制肉体活动；是故遥控器是每个人最重要的随身物品，绝对不能轻易示人，更不会随便交到别人手上。

　　早年的婚礼仪式上，男女双方会交换遥控器，替天长地久的誓言佐证，但在感情愈来愈薄、离婚率愈来愈高的现代，交换用的遥控器，都已经直接用两个假货代替了。

　　要是我们要结婚了，那天完事之后，他在尚未平复的喘息里凑近她的耳边，说，我一定会给你真的遥控器。

　　她笑了笑，没有回答。

　　从她的住处回来之后，他想了想，决定不要让她认为自己光会耍嘴皮子，不会以实际行动表达真爱。真敢送遥控器就别等婚礼了；他决定：就把遥控器当成求婚时的重要道具吧。

约会终了，他觑准时机，掏出自己的遥控器，对她说出承诺。她眨了眨眼，穿上刚脱下的外套，一语不发地走了。

原来如此。他坐在床沿，看着自己的遥控器，表情半哭半笑。

过了一会儿，他拿起遥控器，按下快转键。

思考的速度没有变，但身体的动作倏地迅速了起来。方一动念，他已经站在镜子前面。

脸上原来没有注意到的细小纹路渐渐深了起来、眼袋重了、肌肉瘪了。

他看着自己安心地衰颓，浮起一抹似有若无的笑。

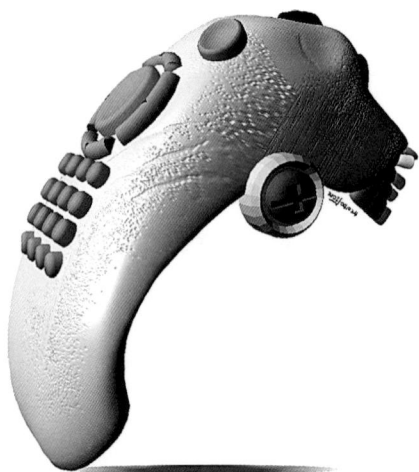

自动贩卖机 其一

他们站在自动贩卖机前面，每个人都捧着一把用长途跋涉换来的硬币。

稻草人把一堆硬币塞进自动贩卖机，一个果核掉了出来。稻草人拿起果核，塞进自己的脑袋里，高兴地走了。

锡人一板一眼地把硬币依序放进投币口，自动贩卖机吐出一颗锈电池。锡人把电池放进胸腔，开心地走了。

狮子缩着脖子伸出爪子投币，取物小格里头滑下一杯冒着泡的汽水。狮子一口喝干汽水，抬头挺胸地走了。

抱着狗的小女孩深吸口气，开始投币。指示灯亮了许久，没有任何东西出现。她发起怒来，用脚上银色的高跟鞋猛力一踢自动贩卖机，把鞋跟给踢断了。自动贩卖机马上掉出一支铁锤和几根钉子。

小女孩啐了一口，拿起铁锤一家伙敲烂了自动贩卖机。

自动贩卖机 其二

猪兄弟在逃命途中，发现了路旁的自动贩卖机，赶忙把所有的忏悔硬币一股脑儿地丢了进去。

重物落下的声响接二连三地传出，整部自动贩卖机都在抖动。两只猪吓得目瞪口呆，睁圆双眼看着另一只猪打开取物口走了出来，还带着水泥钢筋等等建材。

前两只猪还没回过神来，第三只猪已经拿起圆锹开挖地基，竖钢筋搭模板调水泥搬砖块，建构起一栋坚固大楼的雏形。

远方扬起一阵尘烟，两只猪转头一瞧，发觉穷追不舍的那匹狼已经出现。

来帮忙吧，正在盖房子的猪出声招呼他们，我们三只小猪同心协助，就来得及在那匹狼追上来之前盖好避难所。

两只猪对望一眼，极有默契地一起爬上鹰架。

接着他们一同抓起第三只猪，用尽全力将其向逼近的狼掷去。

自动贩卖机 其三

王子把自己满溢的爱情钱币，全部喂给自动贩卖机。

这些爱意自从舞会那晚的神秘女郎在午夜时分匆匆离去之后，一直得不到宣泄；王子让全国的名媛佳丽公开试穿她遗落的那只玻璃鞋，但没有一个大家闺秀能够妥适地穿上它；再把标准放宽，让年龄相当的女性都来试鞋，还是没有任何结果。

曾经有个帮佣的女孩表示自己是这只玻璃鞋的主人，但试鞋的结果并不合脚。这是因为那天仙女替我变身的时候，也改变了我的体形；女孩如此解释，但王子睿智地认为这摆明了是想趋炎附势的胡说八道，不耐烦地叫人把她拖出去砍头了账。

终于让我找到自动贩卖机啦；王子投进最后一枚钱币之后，感动地抚着玻璃鞋，心忖：衷心追寻的爱情，总算有了依靠。

自动贩卖机里头传来轻轻的声响，一只线条柔美的腿优雅地跨出取物口。

王子跪了下来，颤抖地替这只腿套上玻璃鞋。

大小刚好。王子流下喜悦的泪，深深地吻了上去。

自动贩卖机 其四

自己一直想要搞上手的邻国公主失踪时，王子着实着急了一会儿。

不过，没有多久，王子遍布各处的细作就传来消息，说公主没有遭到继母新后的毒手，而是逃到森林里头，被几个其貌不扬的采矿人收留了。王子的心还没能安定下来呢，新的消息又传进他的耳朵，指出公主同那几个采矿人眉来眼去，仿佛情愫暗生。

这怎么行？自己一定要以更加戏剧化的、更加罗曼蒂克的方式出现，让公主爱上自己才行；王子一面在宫里的后花园踱来踱去，一面寻思对策，因为被欲念驱使的思考太过专心，他差点儿撞上摆在某个转角的自动贩卖机。

王子把满腔的欲望硬币全塞进自动贩卖机里，机器轻轻晃了晃，滚出一颗颜色艳丽的苹果和一套万圣节常见的巫婆服装。

拾起苹果和巫婆服，王子突然福至心灵地有了主意。

自动贩卖机 其五

兽和女孩一起生活一段时间之后，对彼此产生了好感。

女孩觉得兽虽然长相怪异，但其实本性天真，同他一起生活似乎不错。

兽也觉得女孩虽然长相丑陋，但心地良善，同她一起生活应该不赖。

不过，在内心深处，兽和女孩都还是有个无法满足的愿望。

城堡里被变成家具的仆役们有天前来报告，告诉兽说城堡的深处有部自动贩卖机。

餐具女侍也在同女孩闲话家常时，把自动贩卖机出现的事说了出去。

深夜，兽和女孩在自动贩卖机前相遇，两边都愣了一下。

看着对方手里的希望硬币，兽和女孩在彼此的眼里看见了自己的丑怪，一起现出了交杂着痛苦和了解的眼神。

　　背对着背，兽和女孩各自离去。只有自动贩卖机还站在暗里。

自动贩卖机 其六

小鸭一直因为长相的关系被大鸭排挤。

大鸭们不是嘲弄她太过丰茂的羽毛，就是取笑她精致小巧的嘴喙，不是说她端正走路的姿势太难看，就是讲她脖子弯出来的完美弧形太古怪。

关于童话里头有天丑小鸭会变成天鹅的故事，一直让小鸭心存希冀，但她一天天长大，变化却迟迟不来，知道她这个愿望的大鸭们嘲讽得更是明显，她的沮丧就更是沉痛。

在这种情况下，她发现了自动贩卖机。

投币之后，机器里传来一阵碰撞声响，一组工具掉了出来。

这个镊子可以拔去羽毛，这支老虎钳可以夹扁嘴喙，这把锤子可以打折腿骨，这根套索的另一端绑好之后，可以用来把脖子拉歪。

看着这些东西，她深深地吸了一口气。

自动贩卖机 其七

女孩一点儿都不想去探望祖母，也不想穿上祖母多年前为她做的红色斗篷。但她还是接过了母亲递过来的食物篮子，披上红斗篷，乖巧地同母亲道了再见。

因为女孩知道，在前往祖母住处的途中会经过森林，在森林里，醒目的红色斗篷，可以让那个年轻的猎人知道她已经来了——事实上，每回出发去给已经活得很迷糊的老祖母送食物前，女孩都会在森林里同年轻猎人谈谈情话。

这天年轻猎人显得有点焦躁，把她吻得喘不过气来；难道是因为季节的关系？在他的手开始进一步的探索之前，女孩轻轻地将他推开，说，先来提亲吧。

这个森林里只有些小动物，猎人抱怨，根本找不到像样的毛皮来当聘礼。再说，我只是个穷猎人，没有什么特殊的伟大事迹，你的家人怎么会让我娶你？

两人郁郁地分手，约定待会儿猎人会送些野味到祖母家里去；女孩沿着小路走出森林，突然发现大树的阴影里，蛊着一台自动贩卖机。她若有所思地掏出私藏的欲望硬币塞进投币孔，自动贩卖机摇晃了几下，从取物口里送出一张狼皮。

女孩拿起狼皮，想起痴呆的祖母和等会儿要来的猎人，眼光突然亮了起来。

Chapter 4

岔路

岔路区一直都很神秘。

传说在岔路区其中的某个岔路口有一位智者，洞悉宇宙间所有的事理，当然也知道岔路区的秘密。这个传说的起源是大家常会在岔路区的边缘捡到一些单薄的纸片，看起来是从岔路区里头被风送出来的。纸片上写着潦草难解的字句，但经过祭司的解释之后，大家才知道原来上头写的是常人无法企及的高深道理，于是神秘智者的传说便不胫而走。

这天，有个青年肩起背包，毅然决然地走进岔路区。没人知道他想追求的是什么；或许他自己也不大清楚。

他凭着自信以及极佳的直觉，在岔路之中左弯右绕，居然真的看到一个诡异的路口，被一排高柜围住。他兴奋地从柜子的缝隙中挤进去，发现一个老人坐在桌前抚额苦思。

您一定就是传说中的那个智者了！他冲上前去，忘形地大喊。

老人抬起头来，惊骇地看着他，张大了嘴没有说话。

他发觉了自己的失态，讪讪地站了起来，发现老人的表情变都没变。他趋近一瞧，发现老人已经死了。

怪哉；他抓抓头，觉得莫名其妙。环顾了一下四周，他发现高柜里头塞满了纸张：有写字的、没写字的；还有个柜子里塞满食物。他绕着步子检查了每个高柜，没发现什么特别的东西。

他抽了一些纸头研究了一下，看不出什么结果。一阵风扬起，刮走几张纸片；他看着飞远的纸张，有点茫然。

左顾右盼了会儿，他朝着自己认定的出口挤了出去。看着眼前的岔路，他皱起眉头，沿着高柜外缘走了一圈，每条通往这里的岔路看起来都是同一个模样，他不确定自己该往哪儿走。

别惊慌，他压下自己心里的惊恐，告诉自己，一定有一条与众不同的路。我只要仔细观察、记下它们的不同，就可以找出该往哪儿去。

接着，他想起高柜中的无数纸张，便对自己点了点头，钻回桌前开始振笔疾书了起来。

咖啡

坐上吧台最边缘那个习惯的座位，他伸出一只手指；还没开口，吧台里的她就问："双份浓缩咖啡？"

"是的。"他点点头，满意地笑笑。

"怎么这么久没来？"她舀出事先磨好的粉末，放进咖啡机里头，注意着机器上头的刻度。

"出差去了。"他伸伸懒腰，"害我一直犯咖啡瘾。"

"出差到哪儿去？"她拿出小巧的浓缩咖啡杯，放到咖啡机下头，"没有咖啡馆可以去吗？"

"咖啡馆当然是有的，"他耸耸肩，"但是其他咖啡馆里的机器煮出来的浓缩咖啡，味道就是不对劲。"

她微微一笑："谢谢您对我们的咖啡机这么有信心。"

"其实啊，"他双肘落在吧台上头，交叠的手背撑住下巴，"你这店里先前那个男吧台煮的浓缩咖啡还不差，但自从你接手之后，味道就变得特别好。也许这不只是咖啡机的原因？"

她把散发强烈香气的双份浓缩咖啡端到他的面前，嘴角依然保持着甜美的笑容："哦？您太过奖啦。"

他啜了口咖啡，眼里带着笑；他知道自己的暗示她已经接收到了。这家店的浓缩咖啡的确有种令人难以抗拒的特别味道，但让他没事就往这里跑的原因，可不只因为好喝的咖啡而已。

她看见了他眼底的笑，于是一面将嘴角的上扬弧度再拉高了一点，一面在心里冷哼了一声。这里咖啡特别好喝的原因与咖啡机和她的技术无关，她清楚得很。这得归功给先前那个男吧台 ——这人也曾经用这种带笑的眼神看着她。

掺入男吧台骨灰的咖啡粉末，当真做得出味道特别好的咖啡？唔，她不置可否地抿抿嘴。

咖啡渣占卜

她尝了口咖啡，露出一脸苦相："恶，这是什么东西？"

他拿了另一杯咖啡走过来，拉开椅子坐了下来："嘿嘿，识货一点行不行？口味这么纯正的希腊咖啡，国内还没几个人会煮呢。"

她吐吐舌头："你干吗没事煮这么浓稠的咖啡给我喝？你知道的，我只喝加了很多牛奶的维也纳咖啡，最好里头也多放点糖。我喜欢咖啡的香气，但实在忍受不了那种苦味。"

他啜了口自己的咖啡："但这两者都是咖啡本身哦。你有没有想过，也许你想要享受香气，就得试着去接受苦味呢？"

她摇摇头。"我当然选择对自己好一点呀，还有啊，"她放下杯子，欺近身来，"你别顾左右而言他；还没回答我，为什么要我喝这么浓这么苦的咖啡？"

他笑了笑："因为我们要做咖啡渣占卜。"

她的双眼一亮："咖啡渣占卜？"

他点点头："是啊。你之前不是一直嚷着要去算命？咖啡渣占卜是一种极古老的算命方式，求卜人先喝杯浓稠的咖啡，然后占卜者就可以从咖啡杯底残留的渣滓读出求卜人需要的答案。"

她眨眨眼："这么神奇？"

他肯定地回答："没错。施行这种占卜的第一个要件，就是占卜者得会烹煮适合占卜的咖啡；再来，求卜人得要一面想着自己要问卜的事，一面把咖啡喝完。"

她皱起眉："所以我一定得喝这种又苦又浓的希腊咖啡？"

他耸耸肩："这种占卜使用的咖啡绝对浓稠，不然怎么留下咖啡渣？不喜欢的话，我换杯喝起来像掺了沙的土耳其咖啡给你？"

她赶忙摇摇手，低头喝起自己面前的咖啡。

他也端起咖啡，顺势遮住自己扭曲的薄唇。

"喏，我喝完了。"她隔着桌子把咖啡杯推过来。

他笑笑："想要占卜的力量还真大呢；你居然把这么苦的咖啡给喝光了。"

　　她扮了个鬼脸："因为我想问件很要紧的事情。"

　　他把杯子接过来，微皱起眉："唔，你想问的是关于感情的问题。"

　　她怔了一下："你真看得出来?"

　　他指着杯底的咖啡渣："你瞧，这里的形状表示你正在思考感情的问题;而这里的涡纹则代表你想问的是:谁是你的真命天子?"

　　她的表情有点复杂，顿了顿，还是问道:"那么，谁是我的真命天子呢?"

　　他把杯底凑近她，杯缘有她的口红印子:"你仔细看看，那个人的脸就在里头。"

　　她看了看，不解地望着他:"我看不出来。告诉我那个人是谁?"

　　他摇摇头:"别看我。那人不是我。"

　　回到家，她一边对着镜子卸妆，一边回想咖啡渣占卜的结果。

　　其实她很明白他不是自己的真命天子，因为自己对他根本就不认真，但，谁才是自己命中注定的伴侣呢?

　　他对她解释着咖啡渣的纹路走向，在口红印的上方勾勒出一张歪扭的脸孔。她一面觉得那张脸有点熟悉，一面又认为自己不会爱上这种长相。或者，这只是因为咖啡渣散乱，事实上这人长得十分好看？

突然，她发现身后有个黑影接近。还没来得及转身，她已经被捂住嘴抓了起来。

"乖一点就不会受伤。"一个男声冷冷地道。

开什么玩笑！她奋力扭动身体打算挣脱禁锢，却见寒光一闪。

一道血箭洒向镜面，仿佛是咖啡杯缘的口红印。

接着，她看见在血痕上方，自己那张如同咖啡渣滓显示出来的，扭曲惊惶的脸。

甜品

　　"每回你请我来吃饭，"她甜甜地笑，"我就知道你打算出版新的恐怖小说了。"

　　他把饭后的甜品端到她的眼前，在她对面落了座。

　　"我有预感，"他开口，"接下来这本书，会是一篇前所未见的恐怖故事。"

　　"真的吗?"她的眼睛兴奋地放亮，"那咱们得要好好地计画一下，替这本书做些相关的宣传，顺便把之前你那些畅销的恐怖小说重新推出，抢占书店的陈列版面。"

　　她嘴里一面架构着行销计画，一面四下打量室内。几年前当他还写着没多少人想读的梦幻罗曼史时，她是他的女友，也是他的经纪人，两个人一起住在这个不入流的公寓里头，编织着以玫瑰色故事征服全世界的梦。而当生活天平上面包那边儿的比重终于压过爱情，她选择出走，投入另一个畅销作家怀抱之后的几个月，他却因情节出奇制胜的恐怖小说攻进了排行榜。

当她决定要再回头找他谈经纪合约的时候，其实有点儿忐忑，觉得自己像是个十足十的拜金女郎，但见面之后，他一点儿都没变：一样地体贴、一样地温柔，仿佛她的出走只是去街角的便利商店买了个茶叶蛋一样。

于是她又成为他的经纪人，也因他的全盘信任，所以她从中抽取的佣金比例其实比一般的行情高出许多。他也许不知道，也许不在乎，反正他从来没有过问过这件事。他只是每回要开始写新小说之前，会约她到家里吃顿饭，谈谈新书的计画。

他没有回应她关于新书行销案的种种想法，只是微笑着催促她："快，这可是我的独门甜品呢。"

对了。她就是在重新成为他的经纪人之后，才尝到这种独门甜品的。之前同他生活在一起的日子，虽然他常常下厨，但却从来没有制作过这种滑嫩香甜的甜点。她在第一次吃过之后就赞不绝口，开口问他这是用什么材料做的；他却只是神秘地笑着，回道这是独门配方。她本来还以为这是他试图同她重修旧好的手段之一，但自从再次见面之后，他一直绝口不提两人之间的感情问题。独门甜品的味道很好，但同她联想到的那些事情半点儿关系都没有。

她又吃了一口甜品，温润甘甜的味道从她的舌面一路滑进食道，整个脑袋似乎刹时都温柔了起来。她想起自己目前的男友声名已然过气，看来他对自己一直还有好感，不如顺水推舟，再回到他的身边吧？她暗暗点头，打算不着痕迹地夸他几句："我常会觉得奇怪，像你这么温和的人，怎么会写出那种暴戾的恐怖小说？"

他笑了笑："其实恐怖的原型每个人的脑子里都有，我只是想法子把它们发掘出来而已。"

她偏过头，用一种可爱的眼神询问："你是怎么办到的？"

"很简单，"他指指她面前的那盅甜品，再指指自己的脑袋，"只要把太过甜蜜的部分挖掉就行了。"

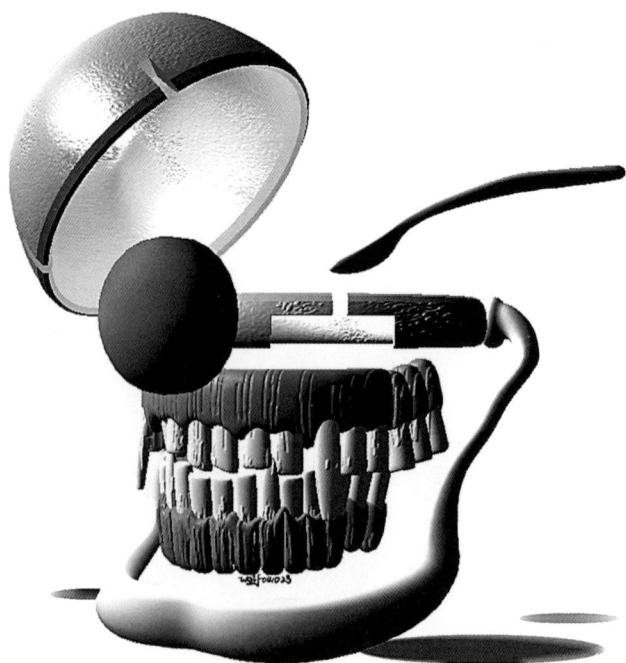

孕

他打开装着药的塑胶袋，想起方才在街上遇见旧日的女友。

旧女友抚着微微隆起的肚子，多年不见，一时间两人都有点腼腆。

最近如何？还是她先开了口。

还好，他回答，你呢？

她答：老样子。这个自然弹出她双唇之间的答案，让他觉得这段对话好像是个八流编剧想不出台词时写出的烂桥段。

预产期是什么时候呢？他问。

她眨眨眼：还早呢，现在才四个多月。你呢？

我？他尴尬地笑笑，摸了摸自己浑圆的肚子：下周左右。

真巧，她轻轻地笑了起来，这么一来，下一轮的你会大下一轮的我半年左右，同这一轮我们的情况差不多呢。

是呀，他也笑了。看着她眯着眼微笑的模样，他突然觉得有种因怀念而生的温暖和伤感卡在喉头；为免出糗，他清清喉咙，扬起手上来自药局的塑胶袋：我得走了，还有事要忙。

喔，也对。她谅解地点点头，到了最后这个时候，要注意的事一定很多吧。祝你生产顺利啰。

生产顺利？他心想，自己根本就不想让这个下一轮的自己出世。他很清楚地记得自己年幼的时候如何对待上一轮的自己，他可不希望这种事发生在自己身上。虽说由自己产出下一轮的自己是如此天经地义的事，但考虑了几个月，他还是选择不让下一轮的自己来到人间。

他拿出药包，将胶囊里的粉末倒出来，一口气倒进嘴里。

剧痛。

他抱着肚子，倒在沙发边缘，突然有种奇妙的熟悉感：似乎上一轮的自己，也曾经如此对待自己。刹那间，他想通了一件事。

紧接着，他感到腹腔里倏地传来一阵奇怪的骚动。

痰

　　喉咙的不适让他每隔三五分钟就得压住鼻息，利用空气的力量打气管自里而外推挤，想将卡在关口的那团黏液引渡到口腔里，好让他将之一吐为快。

　　很可惜的是，也许是因为平日身强体健，对于这类情事一直缺乏练习，无论他如何震天价响地清喉咙，那坨想象里就占据着喉咙口儿的浓痰，就像只推不动的懒牛，只在他震动喉头的时候向前挪挪屁股，然后再安详地退回原地。

　　无法可想，他只好在许多场合里头猛咽唾沫喝开水，想把那口痰吞回去，毕竟这碴儿虽说不是什么大毛病，但在重要场合咳嗽清喉咙可都不大礼貌：简报的时候、出席记者会的时候、和同事去看电影的时候，还有同女友耳鬓厮磨的时候……尤其最后这项最是要紧 ——他很清楚自己对女友的感情根本不够扎实，不过他在她跟前儿可是用尽方法保持一种综合在外极为打拼、在家极为温柔、出游极为体贴、上床极为生猛的完美形象。

　　如此形塑自己的原因极其简单：女友是他的上司，而且是突如其来的空降主管。那个位置本来是他撑了多年打算坐上去的，没想到一家伙被这女人给抢了，他可是恨得牙酸，但没过多久，他在某个高级俱乐部门口瞥见这女人同公司常董亲昵地走在一块儿，才突然想起，她和常董同姓，也就是说，她是重要人物的女儿。

　　发现了这层情事，他对她的态度马上一百八十度大转变；也就因为如此着意经营，所以他和她成了如今的这种关系。

　　这天下班，他约了她在高级餐厅吃饭；席间为了对付那口痰，他不得不偷偷地用一种不失优雅的方式偷偷震颤自己的喉头，甚至借故离座几回，到男厕去用力咳了一阵，想把那团鬼东西逼出来。可惜的是，这些努力半点儿用处都没有，那块黏痰仿若伸长了两条胳臂抓着气管，八风吹不动地占据着自己的领地，丝毫不打算让步。

　　他付了账单，把女友带上预定好的房间里头。挥汗地缠绵之后，她慵懒地半倚着床板，对他眨了眨眼，道：我想，我们就到此为止吧。

　　什么？他呆了一下，停住走往浴室的脚步：你说什么？

我说，她拨拨长发，我们就到此为止吧。常董可能已经知道我和你的关系了。

没关系，他急急地横过长毛地毯走向床沿，请你回去转告常董，说我是认真的，我一定会让你幸福的。

她一愣，突然像明白了什么似的笑了起来：喂喂，你以为常董是我老爸啊？他是我干爹，但我们可没有什么亲属关系哦。说到干爹二字时，她的嘴角勾起一朵意有所指的微笑。

他睁大眼，一时间不知如何反应才好。过了会儿，他面无表情地抄起摆在床头柜上头的沉重瓷器灯座，砸向她的脑壳。一下。两下。

一种感觉猛地冲向他的喉间，他向前一趴，双手撑地，皱起脸用尽全身气力地咳嗽。

突然间，似乎有某种东西滑出他的舌齿之间；八成是那口痰！他在心里叫了声好，睁眼一瞧，却发现自己咳出一个小人儿来。

小人站起来，看看他，再看看她；看看被他扔在长毛地毯上头染血的瓷座，再看看她沾着鲜血和脑浆的长发。

然后，小人和他互望一眼，开心地一道笑了起来。

迷宫隔间

　　刚踏进办公室，他就愣了。

　　他在小公司里奋斗了大半辈子，不景气的风轻轻一吹，小小的公司就跟着摇晃起来。他慌忙地央求老板："我替公司卖命了这么多年，现下有妻小要养、有房贷要扛，公司可不能说垮就垮呀。"老板拍拍他的肩，真挚得让他热泪盈眶："放心，在这种景况之下，只有小公司能够随风摇摆、屹立不摇。"

　　言犹在耳，周末一过他一早到了公司，发现大门已经被法院封条给理直气壮地霸占了。

　　中年转业不容易，幸好他瞧见这家跨国大企业登出的征人广告。在一楼会客室面谈、到七楼人事部领资料，直到正式上班的今天，他才第一次踏进巨大的办公室。

　　自动门在身后无声地关上。他抬眼看着小公司里从未见过的办公隔间在眼前交错，一时间觉得自己完全不知所措。

"找哪位?"不知何时,一名女子出现在他身边。

女子清爽利落的套装打扮,让他当下觉得自己好像是走错家门的邋遢醉鬼;他擦擦汗伸伸脖子,讷讷地不知该说些什么才是。

她凑过头来,瞥了眼他捏在手上汗湿变形的报到文件:"哦,新同事?"他点点头,任由她把资料拿了过去;她翻翻那叠资料,对他点点头道:我带你到座位去吧。

他低着头跟着她的脚步在纵横的办公隔间中穿梭行走。"办公室很大,"她的声音从前头传来,"隔间的摆置有点复杂。不过别担心,只要待个一两天,你就习惯了。"他们在一个座位前头停了下来。"喏,就是这儿。"她说,"你先忙,我不吵你啰。"

发了会儿愣,他才想起自己忘了道谢;环顾四周,她已然不知去向。

刹那间,他有种被人遗弃在迷宫中央的心慌。

几天后,他发现只要搞清楚自己座位和厕所怎么走,其他的其实无关紧要。

自个儿的座位,挣钱温饱的地方;厕所,生理发泄的场所。找到通往这两处的路,生活就过得下去。

但，生活，从来就不会这么简单。

他发现自己愈来愈注意那天替自己带路的同事。有趣的是，虽然这位同事对其他年轻同事常是不假辞色，但却似乎对他颇有好感。他有时会觉得这大概是中年怪叔叔色眯眯的胡思乱想，有时却又会认为，自己的确比年轻人多了点成熟的魅力。

有回他们不期而遇，愉快地聊了起来，一路走回她的座位。他觉得自己如沐春风，仿佛年轻了十几岁。

突然，他听见自己放在办公桌上的手机响起。

他抬起头，隔间迷宫的影像撞进他的瞳孔；他猛然发现，自己不知道怎么回去。

摸回座位的时候，手机响铃已经停了；他看着未接来电记录上显示出来的老婆手机号码，深刻体认到，迷宫无所不在。

要不是前任老板恶性倒闭，他不会明白，之前所有的打拼，只是在迷宫里绕着没出息的死巷子；要不是家人打来的那通手机适时响起，他不会发现，对同事的迷恋正在慢慢地将自己诱进没有出口的迷宫。

他深吸了一口气，告诉自己，停止这种莫名的迷恋，不要再陷到迷宫里去了。

　　周末，他独自在公司加班直到深夜。阖上最后一份卷宗时，他用种心满意足的疲惫姿态长叹口气，自忖，虽然进公司较晚，但凭着自己的努力及以往的经验，绝对可以升迁得比别的同事快。这回绝对不再迷路了。

　　他收好东西，走向遥远的大门。办公隔间缓缓地长高，悄悄地把办公室隔成迷宫；他不可思议地看着这些变化，冷汗直流。难道我永远走不出自己的迷宫？

　　他惊恐地张大嘴，却吼不出半点声音。

断头

　　他在牢里听说，基于人道考量，国内已经立法通过，废除死刑；这个消息对他这种等着挨枪子儿的死刑犯而言，实在同天使下凡诵唱的福音相去不远。如果真免了死罪，自己很可能还得坐个终生监，但好死实在比不上赖活着，留着这条命，哪天假释准了或者遇上特赦，到外头去还不是好汉一条？就算暂时出不去，在这里头白吃白住，也没啥不好。

　　不久之后，狱方证实了政府废除死刑的传言；包括他在内的死刑犯，全被囚车载往法院聆听改判结果。在法警的戒护下，一长列的死刑犯一个个儿地被唱名叫进法庭，不过除了法警每隔一段时间就用平板车推着一大包不知装着什么的漆黑塑胶袋走出来之外，没有任何一个囚友出现。

　　轮到他了，他戴着手铐站好定位，用尽全力摆出一副已然洗心革面的模样。法官宣布他改判无期徒刑之后，继续又道：根据新增条文，为了将纳税人的税金做更妥善的应用，获判无期徒刑的犯人，必须要被断头。

断头？他的脸唰地一下变得惨白，那不就是死刑？这是怎么回事？他还没搞清楚状况，原来站在一旁穿着白袍的某人已经走近他的身旁，朝他的脖子打了一针。

突如其来的刺痛让他吓了一跳，不过还没发火，他就觉得有点儿头重脚轻、昏昏沉沉。白袍人看了看手表，向法官点了点头，法官微微颔首，敲下木槌：行刑。

似乎有人在后头推了他一把。一个踉跄，他的前额同地板撞了个正着。他的嘴里哼哼了几声，想要伸手把自个儿撑起来，突然发现感觉不到自己的身体。他斜过眼睛一瞧，才发觉自个儿的身体已经瘫软在方才的位置，掉到地板上的，其实只有自己的头。

一个法警把他的头捡了起来，放进一个透明的容器里头，打开另一道门走了出去；在门关上之前，他还瞥见自己的身体被装进一个黑色塑胶袋里头，放到一部平板车上。

法警穿过走道，进入一个钉满层架的房间。他抬眼一瞧，发现之前几个囚友的脑袋全在这里，有的好像睡着了，有的正在大嚷大叫，不过隔着厚厚的容器，听不见他们在吼些什么。

　　法警看看他的编号，把装着他脑袋的容器放上层架，拿起悬在下头的记录本写了几个字。

　　他没法子动作，只能转着眼珠子向左边右边瞧了几眼，马上就觉得无趣了起来。

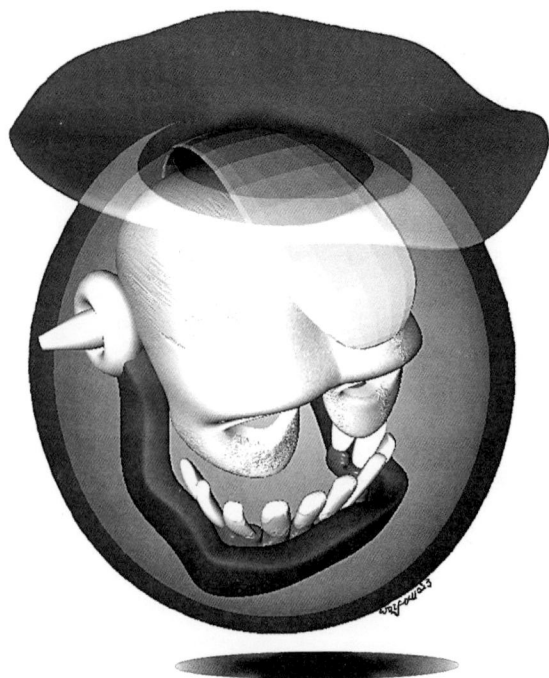

跑

他已经穿着太空装在这颗行星上跑了很久。

这是他因罪被判跑刑的执刑状况：被放逐到一颗荒芜的小行星上，不停地跑。如果他奔跑的速度低于小行星的自转速度，恒星将从他的背后升起；如果他跑得太快，则反而赶在恒星落入地平线之前遇上它。无论是哪种状况，他都会因小行星与恒星之间过近的距离，而被恒星的高热烤熟。

迫使他持续奔跑的原因，除了躲避恒星的炙烤之外，还有另外一个理由：太空装的储能瓶将储存由他跑步所产生的能量，而这些能量将使这套高科技太空装继续运作。太空装负责提供他所有的维生基本元素：空气、水，以及充足的养分；简而言之，如果他停脚不跑，他就活不了。

这就是跑刑。政府用纳税人的钱提供受刑人一个行刑的环境，再来就看受刑人自己了。按照规定服刑，就能活命直到刑期结束；不照规矩来，就提早面对死亡。纳税人不再负担受刑人的民生问题，符合条件的小行星多得是，星际旅行发达的这个时代，把受刑人送到合适的执刑星球去一点儿也不难。

他于是持续跑着。凭借他一向引以为傲的高智商，他想过许多让自己轻松服刑的点子：计算出可以永远同那颗虎视眈眈的恒星保持最远距离的方法、计算出自己最不耗体力的速度，甚至还想过要先快跑一阵，然后利用多余的时间研究一下太空装，再把可用的零件同这类荒凉行星上大多可见的探勘队废料残骸组合起来，把自己从这鬼地方弄走。

不过，在他已经不知道绕了几圈的这颗小行星上头，除了干裂的荒地之外，什么都没有。在执刑之前，执法单位早就把行星上任何探勘队留下的东西清理干净了。

所以他只能继续奔跑。先是一面想着刑期结束后的报复及再犯案计画，再是想着年轻时的往事和荒唐，接着想到这种无趣刑罚背后是否隐含着什么深层意义，然后才惊觉自己不知道自己已经跑了多久、距离刑期结束还要多久。

执法单位告诉他所有必须奔跑的理由，但却没有告诉他其他的事：那团永远在地平线后方追赶他的火热恒星，其实是颗人造的太阳，而由他跑步所产生的能源，除了供给太空装的储能瓶使用之外，还有另一个用途 —— 成为人造太阳持续发热的能量。

而他依然跑着。只是已经什么都不再想了。

路灯

巷道里很暗。

暗暗沉沉地充填在每个角落，所有缝隙被漆黑塞得脑满肠肥。只有几盏路灯投下的光亮在地面上散成一个个圆圈，虽然惨白但却还带着点儿令人安心的光明。

她站在巷口踟蹰。每天下班回家她都得经过这条巷子，回到位于暗巷末尾的住处。但今天不知怎的，她觉得巷子里的黑暗特别浓稠，仿佛昭示着某种不祥。

老在这里磨磨蹭蹭不是办法。她想起躺在家中浴室里的那具尸体；早上忙着出门根本没空料理他，虽然她在离家前开了冷气，但现在八成发臭了。得快点回家肢解他，半夜才来得及出门把尸块分批处理掉。

她一咬下唇，走进黑暗里。身旁仿佛有什么掠过她的裙角，她一惊，加快脚步冲进第一盏路灯的保护圈当中。

刚才是什么东西？她心有余悸地回头张望，但看不透扎实的黑暗。

是自己神经过敏吗？她皱起眉，试探性地提脚跨出光圈。四周马上被墨黑浸满，唯一的指引是前方的另一个路灯投射圆。一步，两步；有什么快速地擦过她的脚踝，她在刹那间感觉自己颈背的毫毛全都站了起来。

她踉跄撞进第二个路灯光圈里，刚好听见有某种金属摩擦的刺耳嘎滋声响在身后闷闷地停止。

这团黑暗里一定有什么不对劲；她喘着气，心里估量着与下一盏路灯的距离，忽然明白为什么今晚巷子里头特别暗——除了路灯之外，周遭的住家里头，没有透出任何一点光亮。

怎么回事？她深吸了几口气，心想唯今之计，只有尽快回家再做打算。她站在光圈当中，脱下高跟鞋，把鞋放进提袋里头。她今天新买那双鞋附赠的巨大鞋盒已经撑饱了提袋，再塞进一双高跟鞋不但嫌挤，还会把高跟鞋的皮面压皱。只是现在管不着这些了。

她看准方向，向下一个光圈冲去。耳边的鼓噪声这回明目张胆地大了起来，不过路灯与路灯间的距离并不远，她又鼓足了全力奔跑，于是一切顺利，她安全地切入光明之中。她稍一停脚，又向下一个保护圈冲去。

　　一连冲过两圈光毫，她才在下一圈光明里停下脚步。喘了几口气，她欣喜地发现家门口就在不远的前方。只要她跑近家门，感应器就会自动打亮正门上方那盏灯，自己就安全了。

　　她深吸口气，打算做最后冲刺，突然觉得不大对劲。她还没意会过来，路灯已经眨了几下，倏地没了光亮。

　　某种带着金属感觉的、腥热的刺耳窃笑在她耳边响起。她正想拔腿狂奔，却发现自己身陷在黑暗当中，不知该往哪里逃去。

出版热

中阶经理在公司对高阶主管鞠躬哈腰赔笑示好、对部属乱骂发飙一天之后愤愤地开车回家。

把着方向盘，经理愈想愈气：这种老板无能属下不肖的生活苦水，只有自己这种被挤在当中的阶层能够了解。

广播里的主持人正在访问一个原来没没无闻，但最近频频曝光的家伙；经理想起自己前几天刚兴冲冲地到书店去抢购了这家伙大爆自己与多位名人恋情内幕的新书，不过内容其实乏善可陈，所谓的恋情也大多是这家伙一厢情愿。写这种东西居然也能变成畅销作家接受访问？经理不屑地想：还不如我的上班经验谈咧。

当。似乎有人在经理的太阳穴边儿上敲了一记响锣。经理刹时间觉得灵台清明，回到家里打开电脑，没到惯常巡视的一夜情网站去瞧瞧，而是打开文书软体，啪啪哒哒地打起字来。

几个月后，中阶经理写的这本《冷屁股下的电磁炉上

的三明治》登上所有印刷品销售通路的排行榜。书里写尽
中阶主管的种种无奈，以冷屁股比喻对自己爱理不理的高
阶大老板，用电磁炉比拟对自己投射怨恨目光的低阶小职
员，让占据就业人口中极大比例的中阶人员鼓掌叫好；有
的人指出这本书可以让大老板们明白自己的嘴脸，有的人
认为这本书可以让小职员们知道中阶经理的苦处；短短几
天，此书一刷再刷，推出精装版珍藏版随身版大字版之后，
还前后换了三种封面做成不同的纪念版。

　　没过多久，不同行业的中阶经理人都不约而同地写出
了各行各业的内幕八卦，数量之多，铺天盖地淹没了所有
书店的陈列平台；只要向陌生人拿出上头印着中阶主管职
衔的名片，对方一定会接着恭维：最近您出的那本书写得
真好呀，不但让我对贵公司有了更进一步的了解，也更加
能够体会您的辛苦；能同您合作，真是我莫大的荣幸啊。
在双方相互恭维、互相交换创作及出版的心得之后，各笔
生意自然而然就已经水到渠成了；在握手道别时，彼此也
都很清楚，这种东奔西跑谈生意的辛劳，想当然尔地会写
入自己下一本著作里头。

　　可惜这波出版热没过多久，出版社就开始谨慎地不大

愿意再出版这类主题了；原因很简单：写书的人多，买书的人少，这种生意没法子做。中阶经理们灵机一动，开始变相行销：逢年过节拜会老板时，就挑竞争对手公司里头的中阶主管著作当礼物，这类书里头一定会扯到公司黑幕，可以当作老板争战商场的参考；或者规定部门里头的小职员一定得负责卖掉某个数量的主管作品，否则考绩堪虑；面试新人的时候，主管著作的内容一定会是必考的题目，有些脑筋动得快的出版社，已经编好各大著名企业中阶主管作品的书目总览及重点大纲，让想进入大型企业的职员进行考前总复习。

本来以为已经降温的出版热，居然又翻了个身活了起来。原来已经开始歇手不写的中阶主管们，再度开始产出大量文字，而且这回写的内幕更多（才容易让对手买去当赠品）、说的页数更厚（叫小职员直销时看起来才有分量）、谈的范围更广（才不容易被猜中考题，在重点提示的书里也能占比较大的篇幅）。

始作俑者的中阶经理，想当然尔是出版热里的品牌保证、中流砥柱。自《冷屁股下的电磁炉上的三明治》之后，他的《上看冷屁股、下瞄电磁炉的三明治》《亲亲冷屁股坐坐电磁炉的三明治》《冷屁股与电磁炉夹心三明治生存哲学》等书推出时，都毫无例外地一路直攻排行榜首。中阶经理并没有因而辞去工作专事写作；毕竟，他的创作内容就来自中阶主管的工作，如果辞了工作，他要写什么？

这天他收到一纸人事命令，直接来自公司里的最高层。人事命令上明白指出，因为他外务太多，工作效率不彰，是故高层已然决定将他解聘。

工作效率不彰？中阶经理火冒三丈：这个公司里有谁工作比我这个中阶主管认真的？上头什么都不懂，下头什么都不会，这个公司其实是我在支撑的咧；效率不彰？好，我来让你们这些人看看什么是工作效率！

中阶经理摩拳擦掌地坐了下来，盯着门，打算在第一时间抢过助理送过来的公文，以最佳的状态面对一整天的挑战。

然后，他突然想起来，自己完全不知道现在手上该有哪些待办工作。

晶片

　　自从浓缩灵魂的技术普及之后，灵魂浓缩技师已经成了各大医院的常备人员，受雇在病患脑波停止的同时，将患者的灵魂浓缩压制成一枚灵魂晶片，交由死者家属保存留念。

　　灵魂晶片最初的研发公司制定出标准的规格，表示只要将来人造躯干等相关的灵魂载具发展成熟，目前的灵魂晶片就可以直接置入，让已然过世的人再次在这个世界里行动坐卧。目前已经有部分载具研发出初步的雏形，但尚未完备，就算置入晶片，也没法子发挥完整的功用。

　　虽说载具方面发展的进度不快，但能保存亲族灵魂的晶片对于死者家属而言有极大的吸引力；晶片保存匣从此取代了供桌上神主牌的位置，遗体捐赠及火化的举动也风行了起来——毕竟最重要的灵魂被保留住了，那些有毛病会腐坏的东西就没什么好留恋的了。

　　新科技总容易引发相关法律及道德议题；如果决定

要替往生者制作灵魂晶片是否就代表不怀念、不孝顺？如果死者表示不想暂居灵魂晶片中，那么亲友该不该照办？……诸如此类议题，很快地就蔓延开来。而未来载具上市时可能需要的天价，也让许多光是制作灵魂晶片就已经用尽财产的家庭头痛不已；倘若仅制作了灵魂晶片而不考虑将其装置在载具之内，是否无异于二次谋杀或变相囚禁？每当研发公司发表了新的载具研究进度，这类问题也会再度成为谈话性节目的热门主题。

当公司宣布可以从已经死亡一段时间的尸体头部采集到残存的灵魂以制作灵魂晶片后，警政单位终于开始注意起这项科技，进而打算出资协助载具的研发，认为如此可以利用凶案牺牲者的灵魂晶片揪出凶手，提升破案的机率。

就在警政单位公开表示资助的意愿后，谋杀案的被害人每一个都被砍下头颅，但还没将这些头颅移送到晶片研发公司里去呢，警政单位就发现晶片研发公司的高层负责人员早就已经将资金外移，躲到国外去了。

在社会的一阵哗然声中，灵魂晶片被证明是一场骗局。原来在媒体上讨论"将灵魂置入晶片"相关道德问题的名嘴们，再度被请上节目探讨"以此花招敛财及社会信仰"

的结构关系；警政单位主动请家中供有灵魂晶片的家庭交出晶片，并定出日期，要将这些骗人的晶片集中，举行公开焚毁仪式。

仪式开始，当朝权贵个个列席，没资格到场观礼的民众也都盯着电视机。冗长的各府会代表致辞完毕。火苗蹿起。

刹时，燃烧的晶片中冲出高高低低各种不同的痛苦呻吟。

麦克风

对于她最近的转变，朋友同事都很讶异。

原来她是个沉默畏缩、讲话细声细气的女生，发言时的音量和她的个子一样无法惹人注意；不过这阵子她不但在各个场合都勇于开口，说话的内容也自成条理，同先前完全不同。

她告诉好奇相询的友人、同事，说自己最近读了不少关于建立自信、训练口才的书，照本宣科的结果就是如此；遇上不大相信这套说辞的询问者，她还会把书单开出以资证明。

这些书她的确都读过了，但这并不是转变的主因。从畏缩少言到慷慨陈词，重点其实是她连续服用了某种偏方——虽说吃偏方倒也不是什么需要隐瞒的不可告人行为，但她找着的这帖方子里头没有任何中西药石，而是各式金属塑胶零件，说出来可能会被人家当成是精神有点问题。

她一开始压根儿也不信这种怪偏方，不过病急乱投医，和着果汁吞几个小零件并没有想象中困难。才吃了两回，她就发现自己不但声音由微细而洪亮，面对发言场合时脚也不再偷偷发抖了，加上身体并没有任何异状，于是她放心地照着方子服足了药量及次数，觉得整个人自里而外地脱胎换骨。

从此她不但成了各个场合里的焦点人物，在职场里更是平步青云。同样一件事，由她说出来就是比别人有道理、听起来特别铿锵有力。她的能力于是在愈来愈高的位置里愈来愈能充分发挥，无论有多少事情交到她手上，她总能靠着几句话找来相关同事负责，然后再以密集的进度追踪显示她的负责尽心；交办事项出了问题，她也总会有法子把当初由她口授而进行实做的同事找出来，毕竟人家才是真正做事的人，责任自然不在她这个负责开口的人身上。

偶尔，她也会遇上某种麻烦，追根究底就是她得负责。这种时候，她会叹口气，用一种哀怨（或者不耐，端看当时质询对象是谁而定）的语气说：没办法，我事太多了嘛。这句话别人讲来明显是在推诿卸责，但由她的口中道出，似乎就隐含了不可言喻的无奈和没人明白的辛酸，让质询的人鼻头一酸、眼眶一紧，没能再继续逼问下去。

这天下班，天空很阴。她站在公司楼下等最近刚结识的企业小开。高档跑车有力的引擎声传来，她抬头看见小开的保时捷正朝自己驶来，于是跨出门廊。

一道落雷，不偏不倚地轰爆她的顶盖。

四周往来的行人先是一阵沉默的愕然，接着，有人尖叫起来。骚动涟漪般地扩散开来，在所有人的慌乱之中，都隐隐转着一个疑问：落雷怎么会打到身材娇小的她？

企业小开从车上跳下，冲进围在她身旁的人墙，直接拨开人群进入圆心，看见她倒在地上、头顶被炸了一个洞。小开隐隐觉得有什么不对，在下一个瞬间，他突然发现：她头顶的伤口，一滴血都没有流。

某种窸窣的声音响起。在众目睽睽之下，一具闪着金属光泽的麦克风，拉着一条讯号线从她头顶的洞里蛇般蜿蜒了出来。

时光流放

　　时光机器还在纸上空谈阶段的时候，大家都觉得那会是部神奇的机器，但时光机器真的发明了之后，却跌破大家的眼镜。

　　虽然因为技术问题，时光机器只能往未来一次跳跃至一百三十七年又两个月零三天后，无法选择其他时间，并且得在能源耗尽的两个小时内返航。但几次的观察行动之后，观察员已经发现，未来既没有世界大同的乌托邦存在，也没有移民星际的大探险发生，看来乏味无聊，一如现代。更糟的是，时光机器发明的理论间接证明了未来无法改变的事实，也就是说，未来就是这么着，无论现代人做什么努力，它都注定是这个模样。

　　依旧有人主张，更远的未来一定会有所不同，人性的光明面将发热发亮，将地球变成一个完美的行星。但这种论调已然无法引起大多数人的兴趣，赞助研究经费的机构也纷纷停止资助。另外有人提出用时光机器做历史研

究 ——如果未来无趣，那么去确认一下历史也是好的。但时光旅行成本过高，拿来做史学研究简直是浪费金钱。

不过时光机器没有闲置多久，有关单位很快便找到了它的新用途。

因为各地监狱人满为患，于是有人提出将囚犯流放到过去的行刑方式；在评估社会成本及影响效益之后，时光流放相关法规很快地通过，各国政府并且相继采用。简而言之，这种刑罚就是将囚徒载到过去，然后一扔了事任其自生自灭；既人道、又文明，再加上理论已经证实过去无法影响现在（一如现在无法影响将来），所以这法子安全得很，不会有什么科幻小说才有的时空混乱问题。

时光流放法实行了几年之后，各国政府陆续将其用来解决境内的游民问题、污染问题，甚至垃圾问题。过去简直就像是个能够吞噬一切的黑洞，多得是未开发的地区可以处理这些现代显得麻烦的东西；更棒的是，过去已经过去，所有人都知道这些东西丢到这个无底洞里，对现在半点儿影响都没有。

这天，有个人出现在时光机器生产国的最高执法单位里。他告诉执法者，将过去当成巨大垃圾场及流刑地的做法是个全然的错误；此举表面上虽然对"现在"无害，但所造成的影响潜藏在地球表面之下、空气微粒之间，以及人类基因之中，将在未来造成无法弥补的伤害。为了改变这个情况，他特别从未来搭乘时光机器来到现代，希望能够阻止世界在未来毁灭。

执法者召集了相关学者专家聆听此人的证词，并对他做了测谎、精神分析等等的试验，多方搜证之后，确定这人应该是个精神异常的疯子；虽然他举出许多未来世界的实证，但毕竟"过去无法改变现代，现代无法改变未来"的观念已经是小学生都明白的常识，那么他还高呼要改变现代以拯救未来，就算真的来自未来，也一定是个因为疯狂而被判时光流放的麻烦分子。

相关人士商量妥当，决定再判他一个时光流放，把他扔进过去。

秘书

当个决策者不容出错，毕竟底下有千百个人带着各自的家庭共万把张嘴等着吃饭。

当资本主义社会大众开始领悟到这回事之后，以电脑代替有缺陷的人类来担任决策工作的作法，渐渐得到绝大部分公民的认同。

而因需要考虑计算的东西太多，电脑决策者实在没有多余的记忆体去容纳接待、会晤、应酬和开记者说明会的琐事。

于是，一向被认为是高级小妹兼伴游花瓶的秘书职务，在电脑决策者日渐普遍的同时，也就跟着重要了起来。

秘书不但成了小学生作文簿上的热门志愿、社会新鲜人向往的职业、补习班的首选课程、父母亲们的终生期盼，还带动了美姿美仪美容及各式名牌产业。

为了保障自身的权益，秘书们破天荒地成立了跨企业的秘书工会，发表期刊，内容包括如何预防电脑决策者的超时工作分派、如何快速解译决策者的二元式电脑语言、如何替电脑决策者更新软硬体及定期保养，以及如何美肌美颜美肤美发等实用资讯。

有礼温柔的秘书们势力日大，但广大的劳动阶级开始发现自己的收入并没有因为从不出错的电脑决策者而受惠。经过秘书工会庞大的力量与各界商讨开会的结果，认为应当把国家的执政团体也换成电脑，如此才能彻底去除人类当权的问题。

就在这条法律交付表决的时候，各大报的传真机都吐出了一张传真；这张传真是某电脑决策者在完全失去电力之前发出的，内容表示，目前所有的电脑决策者几乎都已经陷入瘫痪，因为秘书们并没有真正执行保养电脑的工作，甚至有秘书拔掉电脑决策者插头使之断电的可怕案例。

秘书工会的闹剧悄悄地落幕，之前黯然下台的决策者们又站上领导台向大家咧开嘴挥着手，身旁站着同样美丽、同样有礼、同样温柔、同样细心的新秘书。

社会又恢复了原来的生活形态。过了很久，才有个劳动人口想起，从头到尾，唯一没变的只有自己薄薄的薪水袋。

记忆回圈

人脑的容量有限这件事被证实了之后，许多人开始不约而同地担心自己珍贵的脑容量会被太多无谓的琐事占据，没法子记住真正重要的事情，于是制造记忆回圈的公司开始大发利市。

刚开始大家多利用记忆回圈来记一些无关紧要的日常小事，例如上班途中得顺便缴卡费或者下班后要把家中宠物送去打预防针之类；后来有人觉得这么使用记忆回圈太浪费了，于是开始流行用记忆回圈记录重要事项，像是收受回扣的金额及时间或者高层秘商的会议经过 —— 不过这种用法，自从记忆回圈在几件贪渎案当中成为关键证物之后，就很有默契地停止了。

正当市场上的记忆回圈行情看跌时，记忆回圈公司推出的一支广告，重新燃起社会大众对于记忆回圈的兴趣。广告开始于两个看来像在街上偶遇、素不相识的老先生老太太，借由记忆回圈之助，想起在许多年以前自己曾是对方的初恋情人，最后结束在两人并肩坐在公园里，与对方分享人生。

"将你最宝贝的记忆交给记忆回圈！"这句衬着老人温暖背影的广告词深深地打动了消费大众的心；为了珍藏自己最青涩、最自我、最温柔、最纯净的青春往事，记忆回圈再度以无法抵挡的姿态成为架上最红火的商品。

不可避免的，犯罪宵小的脑筋也动到记忆回圈的生意上头。假造的恋爱记忆大发利市（尤以与名人、名模有关的销路最好），抓不胜抓；不过话说回来，这些伪造的记忆回圈就算真的有用，充其量也只能满足一下这些人的好奇心，如果被放进伪造记忆中的名人没有提出告诉，执法单位也不大可能主动去抓这些使用记忆回圈在虚拟回忆里自得其乐的使用者。

唯一一桩同记忆回圈诈骗相关的大新闻，是一个流浪汉指称，他才是记忆回圈公司的老板。他表示，有回他为了研发对抗伪造记忆回圈的新产品，向一个黑市商人买了一组同某名模谈恋爱的假造记忆回圈，使用后便陷入昏迷；清醒后他才发现，自己不但成了流浪汉，那个卖假货给他的家伙居然还取代了自己的位置，成了公司老板。

不过这个新闻虽然在媒体上沸沸扬扬了几天，终究还是三两下就审判终结了——记忆回圈公司老板大获全胜，而且很宽大地不向流浪汉求取分文赔偿。其实流浪汉败诉的结果在审判之前就可以预见——因为对于他声称的那段过去，没有任何人有相关的记忆。

流浪汉抑郁地离开了法院，过了几日，成了暗巷里的一具尸体。

记忆回圈公司的生意愈来愈好。几个月之后，再也没有人想起这个流浪汉。

责任锁

　　责任锁的研发问世，是一种划时代的发明。

　　初代的责任锁是为了公职人员研发的。有鉴于纳税义务人对自己的荷包愈盯愈紧，政府机关于是斥资委托生化科技龙头公司，研制责任锁；责任锁在通过试验、成功推出之后，立法单位更以前所未有的效率，通过了公职人员必须佩戴责任锁的法案。

　　佩戴责任锁上班之后，公家机关的运作流程果然顺畅许多；本来认为必须佩戴锁具上班有损尊严的公务人员，也因责任锁的设计新潮流线，戴起来有种引领流行的效果，加上戴着责任锁除去非将交办任务完成不可的责任感之外，没有其他不适的感觉，于是也停止了喃喃的抱怨。

　　突然之间，所有的产业都发现自己需要专属的责任锁。什么组织改造、什么新式领导，都比不上佩戴责任锁来得直接有效；尤有甚之，每个人都应该因为不同的身份戴上不同的责任锁：公司任聘员工时，替他安上该职务的责任锁；新人举行婚礼时，不再交换戒指，而是互相扣上彼此身为丈夫或者妻子的责任锁；学生升级时得换上新的责任锁，连游民们都被尽责的政府机关戴上了专属于他们的责任锁——因为有了责任锁，立法机关尽责的公仆们，可没忘了替这些游民保障应有的权利。

原来在生化科技公司里研发责任锁的单位，现在已经独立成为全球最大企业；与此同时，责任锁也发展出更轻巧、更迷你、更多颜色造型、更多复合作用的新款式：有些可以同时容纳好几种身份，不用上班时用一副、下班时换上另一副，甚或一整天都得佩戴好几付；有些可以依心情反应颜色、依喜好随时换壳；有些可以借由无线网路，自动下载更新程式；有些还贴心地设计了计算卡路里或者燃烧脂肪的功能。

在责任锁高度开发之后，某家杂志社的记者深深认为，将责任锁的故事刊载披露，是他身为记者应负的责任。在与责任锁研发公司约好时间之后，记者与百忙之中抽空接受探访的总裁，进行了一场极为愉快的访谈。

在采访即将结束时，记者感谢地对总裁道：非常感谢您百忙之中还能接见我。这没什么，总裁露出深具说服力的笑容，这也是我的责任嘛。两人相互看看对方身上安装的责任锁，露出了彼此了解的微笑。我还有最后一个问题，记者开口，前些日子有个组织声称责任锁的设计其实对身体有害，请您对这点发表意见。

　　我们的产品绝对无害于人体，总裁保持着迷人的笑容，但倘若因为消费者使用不当而引发身体不适，本公司是不负这个责任的哦。

卡匣

他走出门，左右看了看，穿过闪烁红灯织成的光幕向对街走去。

几分钟之后，他匆匆地走进餐厅，她已经在预定好的位置上等候了。

"抱歉来迟了。"他脱下外套披在椅背，看起来非常过意不去。

"没关系，"她伸出手按住他的手背，"我刚听到新闻；你那店里遇到抢匪了？"

"是啊，"他耸耸肩，"真是天有不测风云。"

她关心地问："被抢了什么吗？"

他摇摇头："幸好没有。客人们寄放的卡匣都收得好好的，我们库存的卡匣有几个被弄坏了，不过应该可以修复。在混乱中我把上头最重视的那个卡匣藏了起来，所以抢匪没找到——这个卡匣可是价值连城呢。"

"我一直很好奇，"她的眼里有一种迷蒙的光亮，"那些研究人员去你们那里租用卡匣，到底是怎么回事?"

"简单来说，这个程序是这样的，"他解释着，"首先，我们要替研究人员做一些测验，进而设计出隔离空间。接着我们把灵魂卡匣放进他们的侧颈，把他们关进隔离空间里，用摄录器材替他们做全程监控。时间到了之后，我们会把卡匣取出，等他们恢复自我原来的意识，再把他们植入卡匣之后的录影档案交给他们。"

她偏着头:"那些想研究历史名人的研究员在被植入名人的卡匣之后，还会有自己的意识吗?"

"会的，"他点点头，微微地笑着，"这种情况其实像是两个灵魂共用一个身体。研究人员会趁机感受他打算研究的对象有哪些灵魂特质、想法等等，然后加上我们替他们记录的档案，综合评估做出研究报告。"

侍者送上菜单，他接过来，与她一同讨论起晚餐的菜色。

晚餐之后，她挽着他走在黑夜的街上。雾气罩着街道，让夜看来格外令人迷惘。

"你今晚有点不一样。"她偎着他，甜蜜地说。

他扬起眉:"怎么个不一样法?"

"嗯……"她想了想,"我也说不上来,感觉特别迷人。"

"真的吗?"他笑了笑。

"对了,"她似乎想起什么,"你在我们吃饭前提到,你在遇抢时把一个价值连城的卡匣藏了起来,没让抢匪找到;那是谁的灵魂卡匣?你把它藏在什么地方?"

"喔,那是'开膛手杰克',"他转过头对她笑笑,指指自己的脖子,"它在这里。"

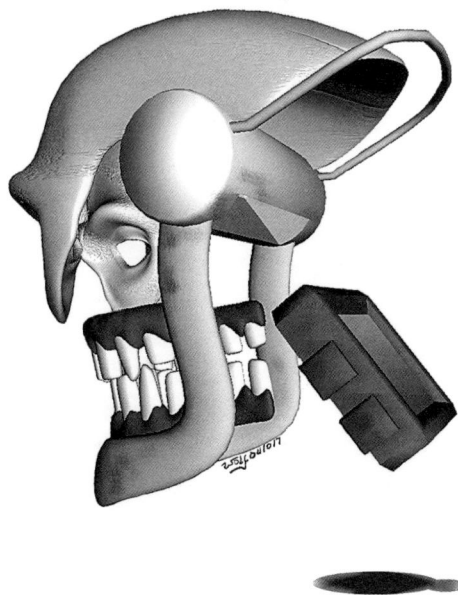

图书在版编目（CIP）数据

雨狗空间 / 卧斧著 . -- 成都：四川人民出版社，
2018.12
　　ISBN 978-7-220-11020-7

　　Ⅰ . ①雨⋯ Ⅱ . ①卧⋯ Ⅲ . ①短篇小说—小说集—中
国—当代 Ⅳ . ① I247.7

中国版本图书馆 CIP 数据核字 (2018) 第 223277 号

四川省版权局
著作权合同登记号
图进字 : 21-2018-439

YUGOU KONGJIAN
雨狗空间
卧斧 著

选题策划	后浪出版公司
出版统筹	吴兴元
编辑统筹	朱 岳　梅天明
责任编辑	王其进　熊 韵
特约编辑	王介平
装帧制造	墨白空间·黄 海
营销推广	ONEBOOK

出版发行	四川人民出版社（成都槐树街 2 号）
网　　址	http://www.scpph.com
E－mail	scrmcbs@sina.com
印　　刷	北京天宇万达印刷有限公司
成品尺寸	143mm × 210mm
印　　张	7.75
字　　数	115 千
版　　次	2018 年 12 月第 1 版
印　　次	2018 年 12 月第 1 次
书　　号	978-7-220-11020-7
定　　价	39.80 元